ずく、ずく、と体内で男の欲がうごめく。
ひとつには最奥の手前を、
ひとつには蜜口の挿ったところを擦られて、
つま先までに刺激が伝いきた。
JN246638

ラルーナ文庫

兎《うさぎ》は月を望みて孕《はら》む

雛宮さゆら

三交社

CONTENTS

兎は月を望みて孕む……7
序　章　赤の青年……9
第一章　淫らな小兎……42
第二章　皇帝との出会い……69
第三章　交歓の日々……126
第四章　つがいの誕生……163
終　章　幸せの形……253

あとがき……260

Illustration

虎井シグマ

兎は月を望みて孕む

本作品はフィクションです。
実際の人物・団体・事件などにはいっさい関係ありません。

序章　赤の青年

ありがとうね、と言葉を残して老婆が去っていく。彼女の姿を見送りながら、悠珣《ゆうしゅん》は、ほっと息をついた。

自分の星見が、少しでも彼女の役に立っていればいいのだけれど。この村の者たちは、悠珣の星見の力を当てにしている。少し前までは悠珣の父が星見を行っていたのだけれど、去年の流行病《はやりやまい》で亡くなってしまった。まだ修行中だった悠珣は急遽《きゅうきょ》この村の星見として働くことになり、村人に頼られる存在になってしまった。

「俺なんかで……いいのかな」

今日の最後の客の姿が遠くなっていくのを見ながら、悠珣はため息をついた。

「父さんみたいに、雨を降らせたりやませたり……そういうことができるわけでもないのに」

そういう技を伝習しないまま、悠珣は星見になってしまった。父のように旱魃《かんばつ》を治めたり雷神である龍《りゅう》を呼び出すような大がかりなことはできないけれど、やはり亡くなった母から伝授された薬の技がある。

父のような力を持つことができなかったのは、悠珣が拾われ子だからだろうか。やはり血というものは関係するのだろうか。

「悠珣、黄糖が残り少ないよ」

声をかけてきたのは、紅華《こうか》という少年だ。名の通り赤い髪をしていて、悠珣の肩ほどの高さの身長だ。歳《とし》は、六歳くらい。くらい、というのは悠珣同様父が拾ってきた子であり、その赤い髪から、赤龍を呼び出すことができると父が目をかけていた子だ。

一方の悠珣は今、十三歳くらいだと言われている。悠珣は、癸種《きしゅ》だ——癸種であることは父が亡くなる少し前に起こった発情で皆の知ることになり、以来表には出ず店番はほかの子供に任せている。

薬師《くすし》屋をやっている悠珣たちは、煎《せん》じたり練ったりした薬を売ることで生計を立てていた。悠珣が星見だということも知られたことではあるが、村の皆は悠珣の未熟な技術を危ぶんでいるのか、星見としての報酬は少ない。

「あと、赤粉も白石も。買ってこようか?」

「そうしてくれると助かるけど、今日はもう遅いから。明日でいいよ」

「でも、明日一番のお客さんが黄糖をお求めになったらどうするの？　切らしてます、では済まないよ」

「それは、そうだけど……」

「悠珣、僕も行くよ！」

金切り声をあげたのは、林杏《りんあん》だ。歳は紅華と同じくらいで六歳ということだけれど、背も高くてしっかりした体つきをしていて、用心棒にはぴったりだ。

「林杏がついていってくれるんなら……頼もうかな」

「あ、僕じゃ頼りにならないってこと？」

紅華が、憤慨した声をあげる。悠珣はつい笑ってしまい、ふたりの肩をぽんぽんと叩《たた》いた。

「じゃあ、三人で行こうか」

「悠珣も来られる？」

ぱっと顔を輝かせたのは林杏だ。彼は悠珣の両手を取って、踊るようにくるりとまわった。

「おいおい、結局悠珣と一緒に行きたかっただけじゃないのか？」

「いいじゃないか、悠珣だって、部屋に閉じ籠《こ》もっていないで、たまには外の空気を吸わないと」

悠珣は苦笑した。確かに悠珣は、癸種である身を案じられ部屋に閉じ籠もってばかりいる。来客を相手にするのは主に紅華と林杏で、悠珣は日がな一日房屋の奥で、薬を練ったり煎じたりしている。

「でも、悠珣は……」

眉根《まゆね》を寄せたのは紅華だった。彼は、そのかわいらしい顔を曇らせて悠珣を見あげる。悠珣は、どのような顔をすればいいのかわからず曖昧《あいまい》な笑みを浮かべてみせた。

「いいよ、こんな時間だったら大丈夫だろう。行こう、紅華、林杏」

ふたりとも、嬉《うれ》しそうな顔をした。それが悠珣が出かける気になったことが嬉しいのか、悠珣とともに出かけられるからなのか、わからないけれど。

懐包みに用心深く金子《きんす》を入れ、肩からかける。両手を紅華と林杏に取られ、戸締まりをして外に出る。亥《い》の刻《こく》を過ぎている表通りは人影が少ない。人目につかないのはいいけれど、今度は時間が時間だ。わずかにすれ違う人が皆悪人に見えて、悠珣は林杏と紅華の手をぎゅっと握った。

「恐《こわ》がりだなぁ、悠珣は」

呆《あき》れたように、それでいてそんな悠珣を愛《いと》おしむように紅華が言った。

「俺がついてるから、心配ないって」

「俺もついてるぞ！　紅華、自分だけが頼りになるみたいな言いかたすんな」

頼りになるふたりの少年に囲まれて、笑いながら悠珣は歩く。しかしすれ違った男が明らかに鼻を鳴らしたのに、びくりとして思わず立ち止まってしまう。

「大丈夫だって」

ぎゅっと、手をつないだ林杏が言った。

「気づかれたって、なにもこの往来で押し倒されるわけじゃないし……」

「わかんないよ、そんなこと」

紅華が、さかしげな顔をして言った。

「つがいのいない癸種の匂《にお》いには、誰《だれ》も逆らえないいんだから。誰が見てようと、そんなもん構うもんか」

「俺ももっと大きかったら、癸種の匂いがわかるのかな。悠珣の匂いって、どんなんだろう」

林杏の言葉に、悠珣はまた苦笑した。

「どんなのだなんて、自分でもわからないよ。僕の匂いをかいだことがある人は、甘い匂いだって言ってたけど」

「ああ、僕が甲種《こうしゅ》だったらなぁ」

はぁ、と紅華がため息をつく。

「そしたら、悠珣のつがいになれるかもしれないのに。いや、絶対なってみせるのに」

「子供が、そんなこと言うんじゃないよ」

悠珣は冗談交じりに、こんと紅華の頭を叩く。いってぇ、と大袈裟《おおげさ》に声をあげて紅華は悠珣を振り返り、そしてさっと顔色を変えた。

「悠珣……」

「え」

悠珣の後ろには、大柄な男が立っていた。彼は明らかに悠珣の匂いに気づいていて——ということは、相当鼻がいいらしい。彼はその体格と力に自信があるようで、無言で悠珣の体の背と両膝《りょうひざ》の裏に腕をすべらせて易々《やすやす》と抱きあげると、紅華たちに背を向けてしまう。

「待てよ、おい！」

「悠珣を放せ！」

姫抱きにされた悠珣は、男の逞《たくま》しい腕の中でなす術《すべ》がなかった。痛いほど強く抱きすくめられる力に震えている、その男はいきなり駆け出す。紅華と林杏の声が追ってくるけれど、彼らの幼い脚で追いつく相手ではなかった。

「はな、して……！」

悠珣は懸命に、恐怖に震える声をあげた。しかし男は頓着《とんちゃく》しない。そのまま人気《ひとけ》のない大通りを駆ける。灯《あか》りもないのに迷うこともないのは、癸種である悠珣の漂わせるわずかな香りに身体能力があがっているからに違いなかった。

「下ろして……、放してください！」

悠珣は抵抗するけれど、半ば諦《あきら》めも混じっている。一定の年齢に達した人間は癸種の発する匂いに逆らえないのであり、いったん発情した甲種や乙種《おつしゅ》を抑えるのは、癸種との性交にほかならない。

「放して……下ろして……っ……」

それでも、この男の気を少しでも逸《そ》らせることができないか――逃げることができないか。悠珣はできるだけの抵抗をした。身を捩《よじ》り男の腕を摑《つか》んで振りきろうとし、しかし彼は悠珣の細腕など問題にならない腕力を持っていた。彼は悠珣を抱いたまま通りを曲がって茂みに入り込み、そこで悠珣を下ろす。

「逃げやがったら、承知しない」

性急に、悠珣の腰帯をほどきながら男は言った。

「おまえの匂いは、どこにいてもわかる。逃げたら、どこまでも追いかける」

「や、ぁ……、っ……」

帯を解かれ、前をはだけられる。知らない者の前で裸にされるなどというのは初めてのことで、一瞬の油断を心底悔やんだ。

「こんなに強い匂いをさせる癸種には、初めて会った……体のほうも、よほどに美味《うま》いに違いないな」

「ちが、……、っ、や……、っ……」

両手足をじたばたさせて、悠珣は暴れる。少しでも男の隙《すき》を突くことができないか、逃げる猶予がないか。しかし男はその薄い唇を押し当ててきて、悠珣の声を奪ってしまう。

「ん……、く、……、っ……」

暴れるどころか呼吸もままならず、悠珣の抵抗は封じられてしまった。舌がすべり込んできて絡まってくる。痛いほどに力を込めて吸われ、すると体の芯《しん》にぞくぞくとしたものが走る。

（ま、……る、で……）

その怖気《おぞけ》は腰にまで走り、悠珣の全身が震えた。まるで発情期のような感覚だ。今はまだ、そうではないはずなのに。癸種の発情は、癸種の香りに気づいた者に抱かれることでも起こるのか。そうでなくても三ヶ月に一回の発情期に悩まされている癸種だ。そうでないときにまで、相手の欲情につられて発情するなど我慢できない。

「や、ぁ……、っ、……」

そんな自分の身を厭《いと》い、悠珣は声をあげる。しかし男は悠珣の反応になど頓着せずに、その手を胸にすべらせていく。

「……ひ、ぅ……っ、……」

胸の尖《とが》りを擦《こす》られると、ぞくりとした感覚が大きくなる。悠珣は腰を震わせて、男はそれに満足したかのように、何度も裸の悠珣の胸を撫《な》でた。

「いぁ……あ、……あ……」

「なにが、いやだ」

低い声で、男が言う。彼は悠珣の唇を舐《な》め、それにも感じて体が動いてしまう。まだ剝《は》がされていない下衣の下で、自身が大きくなるのが感じられる。

「反応しているくせに……この体は、抱かれたがっているんだろう？」

「ち、が……、っ……」

「癸種のくせに」

ひくん、と悠珣の肩が震える。好きで癸種に生まれたのではないと反論したくても、再び押しつけられる唇がそれをとどめる。吸いあげながら手は下肢にすべり、勃起《ぼっき》した悠珣自身を撫であげた。

「やぁ、ぁ、ぁ、ぁ！」

「こんなに反応してるくせに、なに言ってるんだ。俺に抱かれたくて、仕方ないくせに……」

「い、やぁ……違、う、……、っ……」

悠珣の衣はすべて前を開けられ、体の隅々までを見られている。男の目は爛《らん》と輝き、舌なめずりをして悠珣を見つめていた。

「や、ぁ……っ、……」

「ほら、その声」

男は、ぬるついた声でささやいた。

「おまえが、欲しがってるのはわかってる。そんな、暴れたって聞かない……癸種のくせに、逆らえると思うな？」

「……っ、あ……、っ……」

男は、その大きな手でざらりと悠珣の胸を撫でてくる。引っかかった乳首は小さいながらももう勃《た》ちあがっていて、触れられるとそこからびりびりと感覚が伝わってくるぐらいに、感じた。

　悠珣が声をあげると、男は満足そうに息を吐いた。その大きな手を何度も悠珣の胸にすべらせる。尖った乳首を抓《つ》まんで、きゅっと捻《ひね》る。すると腰にびりびりと衝撃が走り、悠珣はまた甘い声をあげてしまう。

「まだ、男を知らないと見える」

　男は舌なめずりをした。舌の赤が毒々しく目に映ったけれど、悠珣には抵抗の術がない。男の力強い腕に押さえられて、快感を味わうことしかできなかった。

「この程度で、そんな声をあげる……俺が、最初の男だ。嬉しいだろう?」

「う、れし……わけ、な……」

　掠《かす》れた声で、悠珣は抵抗した。しかし男は低い声で笑うばかりで、悠珣が逃げることなど思いもしていないようだ。

　甲種や乙種が癸種の発する匂いに逆らえないように、癸種も与えられる快楽に逆らえない。いったん組み敷かれ快楽の源に触れられれば、あとはただ愉悦の谷に落ちていくしかない。

　その経験は、癸種として目覚めたついこの間から頻繁にあった——紅華と林杏が常にそばにいて助けてくれなかったら、悠珣の体はとっくにとことんまでの愉悦の虜《とりこ》になっていただろう。

「やぁ、あ……、っ、……」

男は、悠珣の胸の尖りに吸いつく。きゅっと吸われると下半身を走り抜ける快感があって、少し淫液が洩《も》れたのを感じる。

「やだ……、や、め……、っ……」

「本当に、やめてほしがっているのか？」

ぺろり、と乳首を舐めあげながら男が言った。ぶるり、と悠珣は身を震う。大きく開いた目から、涙がひと粒こぼれ落ちた。

「いや、……だ、いや……やめ、……っ……」

やめてほしがっているのは本当だ。しかし悠珣が嫌悪しているのは、男の手や舌ばかりではない——自分自身の反応だ。撫であげられて快楽を得るなんて。乳首を舐められて淫液をこぼすなんて。そんな自分がいやで、しかし本能には逆らえなかった。

「やぁ……、っ……、……！」

もっと、とねだりたくなる反応を抑え込んで、悠珣は叫んだ。体を捻って男から逃げようとするものの、しかし男の腕は強かった。ぞくり、と背筋を這《は》うような力強さで、それは悠珣の快感をいや増す。

「や、っ……、っ、……、っ……」

悠珣が、口ではいやだと言いながら実のところは快楽を求めていることを、男は知っているのか。この強い力を持つ彼は、そこまで癸種のことに詳しいのか。恐怖と愉悦に苛《さいな》まれながら、悠珣はぎゅっと目を閉じた。温かいしずくが、耳に向かって幾粒も流れていく。

男の手が、悠珣の下肢に触れた。びくん、と腰が跳ねる。洩れこぼれる淫液が多くなる。それは褲子《こず》を汚しているはずだ。男もそれを感じ取ったに違いない。はっ、と男が熱い呼気を洩らすのがわかる。

「その気のくせに……逆らうとは、生意気だな」

ああ、と悠珣はため息をこぼした。今までは紅華と林杏に助けられて男たちに襲われることから逃れられていた。しかしもうなす術はない。男は力強く紅華たちの前から悠珣を攫《さら》ってしまい、悠珣はあとは男にもてあそばれるだけだ。

「っあ……、……あ！」

甲高い、悠珣の声があがった。褲子の上からぎゅっと勃起した欲望を掴まれたのだ。男が、興奮した吐息をつく。彼の手が褲子の腰部分にかかり、剝ぎ取られそうになった刹那《せつな》。

「なにをしている」

知らない声が聞こえた。悠珣は、はっと目を開ける。涙の張った瞳《ひとみ》には月に照らされた男の影が映った。

「なんだ……男か？」

聞いたことのない声の主は、悠珣と目が合うとそう言った。胸をはだけられ、褲子をまとっているとなればどう見ても男にしか見えないだろう。

「男を組み敷いているのか？　妙な場に出くわしたな」

「誰だ！」

悠珣を押し倒す男が、鋭い声でそう言った。

「邪魔だ。それとも、俺がこいつを犯すのを見ていたいのか？」

「年端もいかん子供じゃないか。そういうのが、おまえの趣味か？」

「うるさい、合意のうえだ。おまえには関係ない！」

「そうは見えないがなぁ」

現れた男は、どこか呑気《のんき》にそう言った。こちらはどうしようもない事態に陥っているのに——悠珣には怒りが湧《わ》いたが、しかし自分を襲おうとしている男の手に押さえつけられて身動きもできない。

「どうでもいいだろう。早くどけ……それとも、おまえは甲種か？」

「甲種？　なんのことだ？」

　新たな男は、甲種や癸種のことを知らないようだ。無理もない、悠珣とて自分が癸種でなかったら、一生知るはずのないことだった。それほどに甲種や癸種は珍しく、たいていの人間は乙種なのだ。

「なんのことかはわからんが、少なくとも俺には、そいつがおまえに抱かれたがっているようには見えん」

　ひっ、と組み敷いてくる男が声をあげた。月明かりにきらりと光ったのは、刃《やいば》だ。現れた男が腰から剣を抜いたのだ。腕力のわりには男は臆病《おくびょう》者だったらしく、あっという間に悠珣のことなど忘れてしまったかのように逃げ出した。

「なんなんだ……」

　剣を抜いたまま、男は吐き捨てるように言った。しゃらりと音がして、剣のきらめきが消える。その間に、悠珣の涙は乾き始めていた。

「おい、大丈夫か」

「……あ、っ！」

　男が、腕を取って起きあがらせてくれる。それに初めて悠珣は自分の置かれた場所に気がついた。村はずれの、朽ちた寺。このような場所にまで連れてこられていたのなら、紅華と林杏もついてくることができなかったはずだ。

「脱がされた……だけ、のようだな」

男の手が、開かれた袍《ほう》の前を閉じてくれる。その拍子に男の手がまだ尖っている乳首に触れ、悠珣の体は大きく跳ねた。

「ひゃ……う、う……、っ……」

「なんだ、俺は邪魔をしたか？」

その言葉に、かっと頬《ほお》が熱くなる。まるで自ら求めているような自分の反応が恥ずかしかった。しかし疼《うず》く体は刺激を求めていて、さわりと吹く風にさえ反応してしまう。

「おまえが、あの男に抱かれたがっていたというのは本当か？」

「ち、が……！」

悠珣は声をあげたけれど、その声がちゃんとした形になっているかどうかは自信がなかった。男は、訝《いぶか》しげな顔をして悠珣を覗《のぞ》き込む。

（金狼族《きんろう》……！）

思わず、息を呑《の》んだ。男は赤い髪をしていた。目は黒のようだけれど、月明かりが頼りなくてわからない。なによりも悠珣の目を奪ったのは、彼の頭にふたつの尖った耳がついていることだった。

（金狼族を……見ることになるとは思わなかった）

この罧国《しんこく》は、さまざまな種類の民族にわかれている。たいていはひとつの種族で村なり町なりを築き、集団で暮らす。悠珣は皐《こう》族の男であり、ここは皐族の村だ。

金狼族は、罧国を支配する一族だ。性質は荒く武術に長《た》け、なによりもその特徴となるのは狼《おおかみ》のように頭についた耳と、大きな尾だ。悠珣はちらりと男の下肢を見やり、そこに髪と同じ色のふさふさとした尾を見た。

「違うんなら、なぜ抵抗しなかった」

金狼族の男は、なおも訝しげな顔をしている。悠珣は、ごくりと息を呑んだ。答えようとして、しかし口がうまく動かない。

「おまえ……いい匂いがするな」

くん、と鼻を鳴らして男は言った。悠珣の胸が大きく跳ねた。

「熟れた果物のような……？　花の香りのような……」

それ以上たとえる例を思いつかなかったらしく、男は眉根を寄せている。拍子に、彼の顔に光が射した。月にかかっていた雲が晴れたのか。悠珣は、男が端麗な美貌《びぼう》をしていることに気づく。剣先で斬《き》り裂いたようなつりあがった目、まっすぐの鼻梁《びりょう》、薄い唇。再び胸が鳴ったのは、癸種だということを見抜かれたからだけだろうか。

「おまけに、かわいらしい顔をしている。まるで……怯《おび》えた小兎《こうさぎ》のようだな」

悠珣に男の顔が見えたということは、男も悠珣の顔を見たということだ。かわいらしいと言われて、顔がかっと熱くなる。男は、くすりと小さく笑った。

「俺は、燁月《ようげつ》。おまえ、名は？」

「……悠珣」

そうか、と燁月は微笑《ほほえ》んだ。美麗な男が笑うと、下手な美女よりも魅惑的だ。悠珣は燁月の笑顔に見とれ、すると燁月は困ったような顔をした。

「そんなふうに、じっと見るな」

そう言って彼は、ばりばりと赤い髪をかきまわした。

「……そうでなくても、おまえを前になんだか妙な気持ちなんだ。その香りのせいか？　香木でも焚《た》きしめているのか？」

「違い、ます……」

合わせられた胸もとをぎゅっと握りしめ、震える声で悠珣は言った。

「俺は……その、特殊な体質で」

甲種や癸種のことを知らないらしい燁月に、真実を伝えることはためらわれた。悠珣は震える声を抑えながら、ゆっくりと言った。

「香木などなくても、香るんです……そういう、体質なんです」

「ふぅん」

興味深げに、燁月は言った。じっと悠珣を見つめてくる。その視線がくすぐったくて、思わず目を逸らせる。なおも燁月は悠珣を見つめていて、悠珣はその視線に縛りつけられたように動けない。

「そういう種族なのか？　ここは、皐族の村だと思ったが？」

「すべての皐族が、そうだってわけじゃありませんけれど」

「面白いな。皐族は、数が少なかろう？　その中でも、特別な存在だというのか、おまえは」

「特別なんてことはありません。ただ、特異だというだけで……」

燁月は、ますます悠珣に興味を持ったようだ。じっと見つめてくる瞳は、確かに黒だった。

「その、特殊な体質とやらは、男を惹《ひ》き寄せるのか？」

そう言った燁月の声は、少し掠れていた。その声音に、悠珣はどきりとする。それはまるで、先ほどの男のような——欲情した男の声であるように聞こえたからだ。

「あの男の気持ちも、わかるな」

じっと悠珣を見つめながら、燁月は言った。

「おまえは……うつくしい。今にも押し倒して、その肌を味わってみたくなるうつくしさだ」

ひゅっ、と悠珣は息を呑んだ。しかしあの男に感じたような恐怖は感じない。どくりと体の中でなにかが反応する。

（燁月になら……いい、……）

彼の美貌に目を奪われたまま、悠珣はそのようなことを考えていた。

（この体……燁月になら、嬲《なぶ》られても）

「悠珣……」

熱い声で名を呼ばれて悠珣は、はっとする。顔が近づいてくる。悠珣は反射的に目を閉じ、すると唇に柔らかいものが触れるのがわかった。

「……ん、っ……」

くちづけをされたことは初めてではないが、これほど心地いいのは初めてだと思った。もっととねだるように悠珣は身を乗り出し、その背を燁月が抱きしめた。

「だめ、だ」

唇を重ねたまま、呻《うめ》くように燁月が言う。

「おまえは……こんな、小兎のような子供で。子供の体をどうこうするなんて、先ほどの男にも劣る……」

構わないのに、と悠珣は思った。燁月は会ったばかりの男だけれど、この身を許してもいいと悠珣の体の奥がざわめいている。悠珣も手を伸ばし、燁月の背に腕を絡めていた。

「おまえ……」

驚いたように、燁月が言う。

「おまえも、求めているというのか……？　そんな、子供のくせに……」

「子供でも、関係ありません」

やはり唇を重ねたまま、悠珣は言った。

「俺は……、あなたが」

欲しい。そう声にしようとしたのと同時に、唇から柔らかいものが離れてしまった。あ、と目を見開くと、あたりの景色がすっかり変わってしまっている。

「……二郎真君《じろうしんくん》さまっ！」

あたりは一面、霧の中だ。まるで雲に乗って空を浮遊しているような感覚に、悠珣は声をあげた。心なしか、月の光が強く感じられる。

「また、このようなことを……」

「おや、おまえの貞操の危機を救ってやったのに？」

にやり、と紅い唇が弧を描く。目の前にいるのは、すらりとした長身の男だ。長い銀色の髪、透きとおるような白い肌。つりあがった青い瞳。

「あのままなら、おまえはあの男に組み敷かれていたぞ？　おまえの体はいいようにされて、子を孕《はら》んでいたかもしれないのに」

「じゃあ……やっぱり、あの人は甲種……」

「自分では気づいていないようだけれどな」

二郎真君と呼ばれた男は、自分の足で立ってはいない。両脚を組み、顎《あご》の下に手をやって、じっと悠珣を見つめている。ふわふわと空《くう》に浮いているのは、彼が人間ではないからで——燁月のもとから悠珣を引き離したのは彼にほかならなかった。

「人間の大多数は乙種……甲種も、癸種もごく稀《まれ》にしか存在しないというのに。癸種が甲種を引き寄せるというのは、本当なのだな」

「二郎真君さまなら、俺を癸種でなくなるようにしてくださることができるんじゃないんですか？」

足もとがおぼつかない。今自分がどこにいるのかはわからないけれど、人間の力の及ぶ場所ではないということはわかる。二郎真君を見あげながら、悠珣は声をあげた。

「引き寄せるなんて、とんでもない。できることなら、一生会いたくない……」

「おや、さっきの男には、まんざらでもないようだったが？」

そう言われて、かっと頬が熱くなる。悠珣は唇を嚙《か》み、そんな彼を二郎真君は目を細めて見ている。

「放っておいたほうがよかったか？　あの男に犯されて、孕むおまえを見ていてやったほうがよかったか？」

はっとした。悠珣の顎に、手が伸びる。二郎真君の冷たい体温を感じる。顔を持ちあげられて、その青い瞳にじっと覗き込まれた。

まるで、青空を映し込んだような色だ。見つめていると、吸い込まれそうだ。実際そうなることを、この気まぐれな神は望んでいるのだろうけれど。

「もちろん、そのようなことはさせぬがな」

くつくつと、二郎真君は笑った。顔を近づけて、ぺろりと悠珣の唇を舐めた。

「お、おやめください！」

「まったく、おまえの甘さときたら」

まるで蜜《みつ》でも舐めたかのように、美味そうな顔をして二郎真君は言うのだ。

「癸種は今まで何人も見てきたが……おまえほど魅惑的な癸種は見たことがない。おまえほどに甘い蜜を垂らす癸種を見たことはない。おまえは、癸種の中の癸種……いわば、特別な癸種だ」

はっ、と二郎真君は息をついた。

「私が食ってよいなら、とうに私のものにしているのだがな」

「いや、です……！」

二郎真君から体を離そうともがきながら、悠珣は言った。

「俺には……父さんが残した星見の仕事があります。星見は、村の人たちの心の支え……それを放って、天界になどまいれません」

「やれやれ」

わざとらしく、二郎真君がため息をつく。

「人間が神の領域に触れることができぬように、神も人間の境界には触れられぬ。おまえがその意思を持たねば、天界に連れていくことはできぬ」

もうひとつついた息は、心底残念そうだった。青い瞳が、悠珣を見つめる。うっかりすると絆《ほだ》されてしまいそうな潤んだ瞳だったけれど、悠珣は意思の力で目を逸らせる。

「その気になれば、いつでも申せ」

なおも、悠珣の顎を持ちあげたまま二郎真君は言う。

「おまえを、不死の世界に連れていってやろう……永遠に老いることも死ぬことも、飢えることさえない世界ぞ？」

「不死なんかに、興味ありません」

彼の手から逃れようとしながら、悠珣は言う。二郎真君はまばたきをすると、唇の端を持ちあげてにやりと笑った。

「まぁ、その気強いところがかわいらしいのだがな。易々と言いなりになる者は好かぬ」

「別に、好いていただかなくても結構です」

二郎真君を睨《にら》みつけながら、悠珣は口を開く。

「それよりも、俺をもとの世界に帰してください。紅華たちが心配してる……」

ふっと、二郎真君は笑った。それは、はっとするような魅惑的な笑みで、見慣れているはずの悠珣でさえも見とれた。そうでなくても男とも女ともつかない中性的な美貌は、気を許すと目が離せない華やかさなのだ。それをよく知っている二郎真君はうっかりするとその言葉にうなずいてしまうような魅惑的な笑みで、言う。

「このまま、ともに天界にのぼろうぞ？」

「……いや、です……」

二郎真君の手は、悠珣の手を取って引く。悠珣はとっさにそれを振り払い、しかしかえって強く手を握られてしまう。

「ふむ……」

考え深い表情で、二郎真君は言った。

「おまえを、現世に引き止めている者……」

どきり、と悠珣は胸を高鳴らせる。二郎真君の手から逃げようとしたけれど、彼の力は抵抗できないほどに強い。逃げるなど叶《かな》わず、このまま天界に連れていかれるのではないかと震える。

「あの、男か？」

「……え？」

二郎真君の言葉に、悠珣はまばたきをする。あの男？　そう言われて頭を巡らせた。

「先ほどの、赤い髪の甲種だよ。おまえは、まんざらでもない様子だった。あの甲種となら、つがいになってもいい……そう思ったのではないか？」

「そ、んなこと……」

燁月と名乗ったあの男のことを思い出すと、体がかっと熱くなるような気がする。その感覚を、身震いすることで抑えて悠珣はできるだけ涼しい顔をする。

「あの人も、しょせん癸種を性の相手と見下している男にほかなりません。二郎真君さまのお助けがあって、ありがたかったです」

「では、私とともに天界に」

「それは、いやです」

気強くそう言う悠珣は、顎を引き寄せられる感覚に目を見開く。冷たい唇が重なってきて、ふりほどこうとしたけれどしっかりとくちづけられてしまった。

「ん、っ、……、っ、……」

唇をずらし、深く押しつけられる。ちゅくりと音を立てて吸われると自然に唇が開いてしまい、そこに舌が入り込んでくる。歯列を舐められるとぞくぞくとした感覚が走る。ぶるりと震えた肩にやはり冷たい手が添えられ、なだめるように何度も撫でられた。

「っあ……、ん、……、んっ……」

蕩《とろ》けるように歯が開く。二郎真君の舌はその中にするりと入り、震えている悠珣の舌をからめとった。

ちゅく、ちゅくとあがる音が大きくなる。悠珣の意識は、口腔《こうこう》をまさぐられる快感に蕩けてしまい、ほかにはなにも考えられなくなってしまう。

「……く、……っ、……ん、……」

口の端から、生温かいものが流れ落ちる。じゅくっと音がしてそれを啜《すす》りあげられて、

二郎真君の舌は口腔で躍る。上顎を舐められるとぞくりとしたものが背筋を走り、悠珣はぶるりと震えた。

頬の裏、歯茎に舌をすべらされ、悠珣の咽喉《のど》からはか細い声があがる。そんな彼を抱きしめ、二郎真君は濃厚なくちづけを続けた。舌を吸いあげしゃぶるように舐め、表面を擦って唾液《だえき》を啜る。

「や……、ぁ……、っ、……」

ぞくぞくと、快楽が背を走る。悠珣は自分を抱きしめる腕の中で身悶《みもだ》えし、しかし逃がさないとでもいうように腕の力は強くなり、さらに深くを抉《えぐ》られた。

「……、っ、……さ、ま……」

強く舌を吸われ、背筋を大きく痙攣《けいれん》が走る。悠珣が、ああと大きな声をあげて体の中で弾《はじ》ける快楽に身を任せたとき——全身を支配していた愉悦が溶けるように消えて、悠珣は、はっと目を見開いた。

「あ……、っ……?」

「悠珣!」

自分を呼ぶ声に驚いてそちらを見やると、目の前にいたのは紅華と林杏だった。悠珣はどこかに横になっていて、そんな彼をふたりが覗き込んでいるのだ。

「大丈夫？」

「あの男に、無茶されたんじゃないの？」

「……あの男？」

頭の芯が、ずきずきする。悠珣は体を起こし、するとふたりが背を支えてくれる。

「悠珣を攫っていった甲種だよ。変なこと……されては、いないみたいだけど」

「甲種？」

痛む頭を押さえながら、悠珣は繰り返した。

「甲種なんか、知らない……ただ、二郎真君さまが……」

「二郎真君さまに会ったの!?」

紅華と林杏は、声を揃《そろ》える。その甲高い声が頭痛に障って、悠珣は目を閉じた。

「うん……相変わらず、俺を天界に連れていきたいとおっしゃってて」

「二郎真君さまがそこまで執着なさるなんて……やっぱり、悠珣は特別な癸種なんだよ」

「そんな特別、いらない……」

目を伏せたその裏、よぎったのは赤い髪だった。そして黒い瞳。酷薄に薄い唇。

（……誰？）

思い出せない。悠珣の記憶にあるのは二郎真君の言葉とくちづけばかりで、なぜ自分が見慣れぬ場所にいるのか、頭痛を抱えているのか、まったく心当たりがないのだ。

（何者……なんだ？）

それでも、微《かす》かに残る色の印象。わずかに蘇《よみがえ》る、強い力の圧倒的な迫力。

しかしその印象を思い起こそうとすればするほどに、記憶は薄くなってしまう。追いかけようとしてもするりと思考の間を抜けてしまい、やがてなにもかもが曖昧になった。

「ねぇ、悠珣。大丈夫？」

林杏が、心配そうな声をかけてくる。悠珣は微笑み、なんでもないと彼を安心させようとする。紅華も林杏もほっとした顔をしていて、自分はよほどに彼らに心配をかけたのだと申し訳なくなった。

「大丈夫だよ。……早く、帰ろう」

「その前に、黄糖を手に入れなくちゃ」

そういえば、黄糖を買うために店を閉めたあと出かけたのだ。悠珣は懐を探り、金子を入れた袋がちゃんとそこにあることを確認する。

「そうだ、そのために出たんだった」

「悠珣、本当に大丈夫？」

首を傾《かし》げる紅華の頭を撫でて、悠珣は立ちあがる。

「大丈夫だって。行こう、早く」

横になっていたところから地面に降りると、まだ痛みの残る頭に悩まされたまま片手を紅華に、もう片手を林杏に取られ、悠珣は歩き出す。

(どうして、二郎真君さまはあんなに俺に構うんだろう)

歩きながら、悠珣は蒼《あお》い瞳を持つ神のことを考える。

(癸種が珍しいからって……癸種なんて、ほかにもたくさんいるだろうに)

もっともこの小さな村では、癸種などいるほうが珍しいのだろうけれど。しかしあの気まぐれな神の考えることは、悠珣にはまったくわからない。

(……俺は、なにを考えていたんだろう)

二郎真君の濃厚なくちづけに、記憶を吸い取られてしまったかのようだ。頭の隅に微かに残る赤を不思議に思いながら、悠珣は日暮れの道を歩いていった。

第一章　淫《みだ》らな小兎

ああ、と艶《なま》めかしい声があがる。

まるで磔《はりつけ》になったかのように、悠珣は両腕を開いている。袍の前は大きく開かれていて、尖ったふたつの赤は煌《きら》めいて濡《ぬ》れていた。

「いぁ……、っ、……、っ、……」

悠珣の掠れた声が、暗い部屋に満ちる。自分でも感じられる濃い芳香の中、悠珣を組み敷いているのはいったい何人の男たちなのか。

「……っあ、あ、……あ、あ!」

「悦《よろこ》んでやがる」

低い声が、そう言った。

「ちょっと、舐めてやっただけなのにな。癸種の発情期ってのは、本当らしい」

「おかげで、俺たちは愉《たの》しませてもらえるけどな」

部屋は、小さい窓から射し込む月明かりに照らされているのみ。連れ込まれたこの廃寺で、悠珣は熱い息を洩らしていた。

「あ、あ……ああ、っ！」

胸の尖りに、男の唇が吸いついた。きゅっと吸われて悠珣の体はびくりと震える。肋《あばら》から胸を撫であげられて肌が粟立《あわだ》ち、それに悠珣はますます身を震わせた。

「敏感だな」

満足げな男の声が聞こえる。次々と手が伸びてきて悠珣の体に触れ、ぞくぞくと悪寒のような感覚が貫く。すでに褌子は脱がされていて、触れられずとも放つことに慣れた欲芯が頭をもたげている。

こうやって男たちにもてあそばれた回数など、もう忘れた。癸種として目覚めてから五年、十八歳になった悠珣は、特に成熟の早い癸種だったらしい——発情期でなくとも甘い香りを放ち、男たちを引き寄せる。

悠珣の放つ香りに魅入られた男は逆らうことができず、悠珣の体を貪《むさぼ》る。年を経るごとにやがて嫌悪はなくなり、悠珣自身こうやって男に身を任せることを悦んでいるのだ。

「ほら……もっと、やってやれよ。退屈させちゃかわいそうだろう」

「や、ぁ……、ぅ、……」

両方の乳首が、それぞれ別の男たちの唇に挟まれる。強く、弱く、吸いあげられて悠珣は腰を震わせ、あえかな声が唇から洩れた。

肉刺《まめ》のごつごつとした手が、腿《もも》を撫であげる。鼠径部《そけいぶ》に至り何度もそこを擦って、悠珣にもどかしい思いをさせた。

「だ、め……、も、っ……と……」

「どこを、どうして欲しいんだ？」

脚を撫でる男が、笑いを含みながらそう言う。悠珣は腰を捩って男の手に自分の欲望が触れるように動き、しかし男は焦《じ》らすようにそこには指を伸ばさない。

「言ってみろよ……どこが、一番好きなんだ？」

「知ってるくせに」

複数の男たちが、くすくすと笑い合う。そのように言うということは、悠珣を組み敷くのは初めてではないからだ。しかし悠珣は、自分を廃寺に連れ込む男の顔など知らない。覚えておく気もない。ただ求めるのは身を焼くような欲情を治めてくれる男の手であり欲望であり、それ以外のことは必要ではなかった。

「っ……あ、あ……、っ……！」

誰かが、がりりと肩を咬《か》んだ。悠珣は声をあげる。体中に走るびりびりとした感覚があり、悠珣はわずかに放ってしまう。

「ほら、咬んだだけで達《い》ったぞ」

「本当だ……」

どこかおどおどとした声でそう言うのは、初めてこの淫靡《いんび》な輪に加わる男なのかもしれない。そろそろと、淫液の垂れる欲望に触れてくる。きゅっと扱《しご》かれて、悠珣は大きく息を呑んだ。

「や、……、も、っと……」

「もっとだってよ」

まるで壊れものに触れるような手つきは、もどかしいばかりだ。悠珣は触れてくる手に自身を擦りつけ、腰を揺らした。

「急《せ》くなよ……ちゃんと、やってやるから」

「いぁ、あ……ああ、あ！」

肩を咬まれ、腕を咬まれた。同時に乳首を強い力で吸われ、肋を撫であげられる。勃起した自身はゆるゆるとした力から徐々に強い力に擦られて、四方八方からの刺激に悠珣は大きく身悶える。

「っあ……あ、あ……ん、っ、……、あ」

体中の神経が震える。おかしくなる。悠珣は身悶え、それを押さえつけるように腰に手が置かれて下肢を突き出すような恰好《かっこう》になった。生ぬるく柔らかいものが自身に押しつけられ、舐めあげられたのだということがわかる。

「ひぁ……、っ、……、……!」

びくん、と自身が反応した。じゅくりと吸いあげられる感覚は、また軽く達してしまったのかもしれない。ごくりと嚥下《えんか》する音がした。

「甘い……」

「だろう?」

男が、満足そうにそう言った。

「こいつは、発情期になるといつもこうなんだ。何人もの男に抱かれる……どころか、自分から抱いてほしいとねだってくる。なにをしたって、絶対にいやがらない」

「汗からなにから、甘いんだ。こいつは」

乳首を吸う男が、ざらりと舌を這わせながらそうつぶやいた。声が肌に響き、悠珣の嬌《きょう》声《せい》を誘い出す。

「発情期の癸種は、特別なんだ。こういうやつがいてくれるって、たまんねぇよなぁ」

もう片方の乳首をきゅうと吸いあげられて、悠珣の体の芯が痺《しび》れた。あがる声を唇で吸い取られ、音を立ててくちづけられた。

「ん、……く、っ、……、っ、……」

声を抑えられると、性感はますます鋭くなる。指先で首筋を辿《たど》られるだけで声が洩れてしまう。幾人もの男の手による過剰すぎる快楽から逃げようと体を捩っても、快感が追いかけてくる。悠珣はひっきりなしに声をあげ、すると咽喉が嗄《か》れてひゅっと妙な息が洩れた。

「悦んでるくせに、逃げようとするな」

腿の内側を舐めあげる男が、言った。

「ほら……こっちからも、垂らして」

「ひ……、っ、……！」

男の手が伸びたのは、悠珣の双丘の間だ。後孔から滲《にじ》み出した淫液を指ですくい取り、悠珣に聞かせるように音を立てて舐める。

「そんなところが……濡れるのか？」

「だから、癸種は特別だって言っただろう。こっちも舐めてみるか？　甘いぞ」

悠珣の後孔はするりと撫でられただけで、その手は陰茎にすべる。ぎゅっと握られ乱暴に上下され、するとつま先まで走る痺れがあって、悠珣の欲は弾けた。目の前が真っ白になって、息が苦しいほどに荒くなる。

「は、ぁ……、っ、……、っ……」

「甘い……」

悠珣の淫液を、男たちがぺちゃぺちゃと舐める。まるで花にとまった虫のように、悠珣の流す液には口にした者を酔わせる効果でもあるのか。男たちの呼気は荒々しくなって、彼らの攻めは激しくなる。

「見ろよ……蕩けた顔して」

「俺たちが、よほどいいんだろうよ。……まだ、足りないぞ」

ああっ、と悠珣は声をあげた。右足の内腿に手を置かれ、ぐいと開かされる。濡れた双丘の狭間《はざま》が外気に触れ、悠珣は大きく震えた。

「この程度で、終わると思うな？　おまえの、もっと甘いところを暴いてやる」

「いぁ、あ……っ、……、っ……」

腿から両脚の間にかけて、幾人もの手が這う。それらは再び勃ちあがった欲望に、蜜嚢《みつのう》に、そして後孔に這う。それらをたくさんの指に触れられ擦られ、悠珣は身を捩らせて声をあげた。

「いや……そ、こ……、っ、……、っ」

　ちゅくり、と一本の指が後孔に突き込まれる。悠珣はひくんと腰を跳ねさせ、同時に陰茎を強く摑まれ、声が溢《あふ》れ出た。

「やぁ、あ……ああ、っ！」

「すごい反応」

　誰かが、固唾《かたず》を呑みながらつぶやいた。それに悠珣の頬はかっと熱くなる。しかし突き込まれる指が三本に増え、敏感な襞《ひだ》を伸ばされて続けざまに嬌声をあげてしまう。

「ああ、ああっ、あ、あ……あ、あ……！」

「ほら、ここだ」

　荒い声で、男がつぶやく。

「ここ……膨らんでるところがあるだろう。そこを擦ってやれ。もっと声を出すぞ」

「ひぁ、あ……ああ、あ、あ……」

　左脚の腿にも手を置かれ、大きく脚を拡《ひろ》げさせられる。秘所がくぱりと開いて、挿《はい》り込む指が増えた。それに敏感な部分を引っかかれ、すると悠珣の体に強烈な痺れが走って声が嗄れる。

「もっとだ……もっと、喘《あえ》がせてやれ」

　どうやら、男たちには指導者的存在があるようだ。それはいつも同じ男なのか、違う男なのか悠珣にはわからない。悠珣の意識はそこにはなく、ただただ追いあげられる快楽に酔うばかりだ。

男が言うとおり、感じるところが執拗《しつよう》なほどに擦りあげられる。悠珣の声とともに摑まれる欲望が震えて、白濁をこぼす。

「やっ……ぁ、あ……っ、……」

悠珣は、大きく身を震った。腹の奥が熱い。癸種としての欲望がわななき、もっと、もっとと欲して淫液を流す。

ぴちゃぴちゃと音がするのは、腹部に散ったであろう悠珣の欲液を何人もの舌が舐めているからだ。それにすら感じて悠珣は全身を痙攣させる。

「ここも、こんなに柔らかくなって」

後孔でうごめく指の主が、言った。

「挿《い》れてほしいんだろう……？　言ってみろよ」

「あ、……、っ、れ、て……、っ……」

意地悪く促されるまま、悠珣はつぶやく。

「挿、れて……、っ……」

「何人のをだ？」

くすくすと笑う男の声が、耳を掠める。そちらに視線をやろうとして、しかしより深く後孔を抉られて悠珣の下肢が跳ねた。

「ふたり？　三人か？　やってみるか？」

笑う男、舌なめずりをする男、息を呑む男。自分を組み敷いているのは、三人なのだろうか。しかしぼんやりとした月明かり、そして続けざまに与えられる快楽に、確かめることはできない。

「そのくらい、挿りそうだけどな」

「やめろ、おまえのアレなんか感じたくない」

男たちの声が、霞《かす》みがかって聞こえる。悠珣は腰を捩った。

「焦れてるのか？」

「心配するな、ちゃんとやるから」

「は、……っ、……、ぁ……ぁ……」

ずくん、と奥を突かれた。その指の主は、癸種には最奥の手前に前ほど以上に感じる場所があると知っている。

「やぁ、あ、ああ、あっ！」

頭の芯までがじんとする衝撃があった。そんな悠珣の反応を愉しむかのように、その部分が繰り返し抉られる。

「っ、や、……だ、ぁ……っ、……」

「悦《い》い、の間違いだろう？」

突き込まれた指が躍った。それに追いあげられて悠珣は立て続けに声をあげ、跳ねた腰を男が押しつける。

「ほら……こっちも、もう挿れてもらいたがってる。音がしてるの、聞こえるか？」

「や、ぁ……っ、……」

じゅくん、と音がして指が引き抜かれる。その拍子に内壁の感じる部分を擦られて、ひゅっと咽喉から掠れた声が出た。三本の指を呑み込んでいた秘所は、失ったものを惜しんでうごめき、その動きが悠珣をますますせつない気持ちにさせる。

「は、や……早く……、っ……」

声をあげると、男たちが息を呑むのがわかった。悠珣は自ら脚を開き、男たちに自身の秘密を見せる。勃起した欲望には、垂れ流れる精液がまとわりついているのがわかる。それが後孔にまで流れ、口を開いているそこをくすぐっている。

「急くなよ……」

掠れた男の声が聞こえる。その手がますます大きく脚を開かせ、悠珣はひっと声を洩らした。

「挿れて、やるから」

「い、ぅ……っ、……、っ……」

指が二本差し挿れられる。再び満たされたそこに息をつき、すると指が拡がって後孔を押し開く。ちゅく、と音を立てて秘所が開き、続けて突き込まれた太いもの――悠珣は、息を呑んだ。

「ひぁ……あ、あ……、っ、……!」

じゅく、じゅく、と熱杭《ねっくい》が挿り込んでくる。内壁を擦り、拡げ、突き込まれる欲芯を感じて悠珣は震え、声をあげた。

「っあ、あ……あ……、っ……」

肉を拡げられる感覚、敏感な襞を擦られる感覚。深くを突かれて体が仰《の》け反る。拡げる指はますます襞を伸ばし、空洞は埋められることを望んでわななないた。

「こっちだ、ほら」

「あ、……っ、……」

強い手で、背中を抱き起こされる。呑み込む感覚が変わって、悠珣は悲鳴をあげた。ずぶずぶと欲望は深くを突き、悠珣は上体を起こされて目の前の体に抱きついた。

「情熱的だな」

笑い声が聞こえる。しかし深い場所までを抉られ、悠珣にはそれを受け止めている余裕がない。

「こっちだ。ここに、突っ込め」

「う、うん……」

悠珣の甲高い声に、戸惑《とまど》う男の声が絡む。ひくっと震えた悠珣の秘所に、濡れた亀頭が押しつけられた。

「ああっ……」

ふたつの欲望を受け止めることになって、悠珣の声が裏返る。それを愉しむように何度か蜜口を擦った欲望は、そのままずんと突き込まれた。

「ひぁ、あ……ああ、あ、あ！」

悠珣の下半身が跳ねる。強く抱きついた体が大きく震えるのを感じた。悠珣を犯す男も感じているのか。そう思うと欲情はますます燃えあがり、悠珣は声をあげる。

「こっちだ」

自分を奥まで突きあげる男たちとは、違う声がした。悠珣がはっと顔をあげると、頭を髪ごと摑まれる。

「口を開けろ」

「や、ぁ……、っ、……」

なにをされるのかわかっている悠珣は、洩れる声とともに言われるがままにする。するとぬるりとした太いものが突き込まれ、ひと息に悠珣の咽喉奥までを突いた。

「けほっ、……、っ、……」

「ほら、しっかりくわえろ」

くわえさせられると、咽喉奥にも感じるところがあるとわかる。それは悠珣が癸種だからなのか、誰でもあるものなのか。悠珣にはわからない。ただ突き込まれた淫芯に喘ぎ、感じさせられて身を震わせるばかりだ。

「んく……っ、……っ、ん……」

同時に下からも突き上げられて、嬌声は形にならない。全身を走る快感は恐ろしいほどで、悠珣は何度も体を跳ねさせた。

「っあ……あ、あ……ん、っ、……」

「たまらないな」

誰かが、はっと熱い声を吐いた。

「めちゃくちゃ、締まりやがる……下手な女とは、もうできないな」

「まったくだ」

男の声には笑いが混じっていたけれど、余裕のない様子が窺《うかが》える。悠珣の咽喉にも、後孔にもずぶずぶと挿り込む男根があって、三本に支配されて悠珣は啼《な》いた。

「い、ぁ……、っ、ん、……ん、っ……」

じゅくじゅくと立て続けに音がして、悠珣の敏感な粘膜を擦っていく。奥を突かれて引き抜かれ、また乱暴に突かれて。悠珣の体は限界だ。それでもなおも求めて口腔にあるものを吸って後孔の二本を締めつけて、もっともっとと先をねだる。

「貪欲《どんよく》なやつだ」

吐き捨てるように、男が言う。しかしその声には欲情の震えがあって、悠珣の体で感じていることがわかる。

「も、と……っ、も、と……、っ……」

「ああ……もっとやるから、覚悟しな」

「ああ、あっ、ああ、あ、あ!」

悠珣の体の中をかきまわす熱い淫欲。その熱にぞくぞくと震え、悠珣は己を解き放つ。その拍子に後孔の、そして口の欲望を締めつけてしまい、するとどくりと陰茎が震え、火傷《やけど》しそうな熱が立て続けに幾度も、体の中に放たれる。

「っ、あ……、っ……、っ、……」

破裂寸前の熱に包まれる瞬間。口腔には粘ついた熱が残されて欲芯が離れ、何度も奥を突かれた。そののち悠珣の体は薄汚れた台の上に投げ出され、彼の秘所に突き込まれていた二本が、じゅくりと抜け出る。まだ口を開いている後孔は白い淫液をこぼしながら、ひくひくと震えていた。

「は、ぁ……、ぅ、……、っ……！」

はぁ、はぁ、と何度も大きな息をつきながら、悠珣は男たちの温度が遠のいていくのを感じている。それを惜しんでも、悠珣には彼らを引き止める術がない。

「や、ぁ……っ、……、っ、……」

悠珣はまだ、満ち足りていない。しかし悠珣の体に魅入られた男たちは恐れるように悠珣を遠巻きにし、その乱れた姿を見つめているようだ。

「ふぁ、あ……あ、あ……っ、……」

荒い呼気のまま、残された身の中に沁《し》み入る男の欲液を感じながら、悠珣は現実と夢の間をさまよっていた。体の熱は、多少は治まっている。しかし再び悠珣の体を支配しようとする者が現れれば簡単に身を投げ出すだろう。発種の発情期というものはそれほどに凄《すさ》まじく深いものなのだ。

「やれやれ」

そんな声が聞こえたのは、どれほど経ってからだろうか。悠珣はひとりで、廃寺の縁に放り出されていて。男たちの精液を肌に貼《は》りつかせたまま横たわっていた。

「天界に来れば、発情期などの苦しみもないものを？　こうやって、情けない姿を晒《さら》す必要もないのにな」

「……どうせ、俺が癸種だって珍しがって、おもちゃにするんでしょう？」

薄く目を開けて、悠珣は言った。目の前にいるのは、二郎真君だ。空に浮かんで脚を組んでいる彼は、その白い足でそっと悠珣のかたわらを踏んだ。

「ほかの男に、おまえを触らせたりしないぞ？　私だけのものにして、私だけが愛《め》でるのだ」

二郎真君は、汚れた悠珣の体を撫でる。と、触れられたところからしたたる精液が消え、まるで温かく湯をかぶって清めたような心地になる。悠珣は快楽ではないため息をつき、しかしまだ熱を孕んでいる癸種の体だ。触れられるごとにまた淫らな神経が頭をもたげ、何度も淫液を放った欲芯が勃ちあがり始めている。

「おまえ……」

ふっと、二郎真君が息をついた。それがどういう意味なのか、新たな欲望にとらえられ始めた悠珣には判断する術がない。

「まぁ、私が抱いてやるのも一興か。おまえの体は、心地いいからな」

「ああ、二郎真君さ、ま……、っ……」

ぎしっと廃寺の煤《すす》けた縁が鳴る。ふわり、と冷たくも心地いい感覚があって、唇に柔らかいものが触れる。くちづけてくる唇に、悠珣は貪りついた。二郎真君が与えてくれるくちづけは誰のものよりも心地よくて、体に沁み入る快楽がある。これだけでも彼についていく理由があるのではないかと思わないでもないのだけれど、それでも人間の身で天界などに足を踏み入れるのは怖いのだ。

「……あ、……、っ、っ……？」

舌を絡め互いの唾液を啜り合う濃厚なくちづけの中、目の前を掠めた影がある。それがなにかはわからない――ただ、赤の印象だけが残っていた。

「悠珣？」

悠珣の歯列を舐めあげながら、二郎真君が問うてくる。

「私に抱かれて、よそごとなど許さぬぞ……？」

「よそごと、なんて……」

悠珣は、腕を伸ばした。手を二郎真君の肩に触れさせ、引き寄せる。

「なんだ……？」

「さっきの者たちの、精液は不味《まず》かったです……」

悠珣は、二郎真君の肩にくちづける。そのまま腕に、肘《ひじ》に、手首にくちづけを落とす。

「悠珣……？」

「二郎真君さまのもので、清めさせて……？」

やがて、悠珣は二郎真君の胸に、肋に臍《へそ》に、そして勃起している隆々とした欲望に食いついた。

「あ、は……、っ、……」

先端から滲み出している淫液を舌に、悠珣は歓喜の声をあげた。

「二郎真君さまの、これ……美味《おい》しい」

「こら……、悠珣」

いきなり自身に食いつかれて、二郎真君は戸惑っているようだ。しかし事実、彼の洩らす液はなにもかもすべて美味なのだ。悠珣を犯す、村の男たちなど比べものにならない。

「あ……む、……、っ、……」

彼自身に舌を絡め、扱きあげては溢れる蜜を啜る。悠珣は目を閉じ二郎真君の両脚の間から離れず、ただ彼を愛撫《あいぶ》し続けた。

「やめろと……言うておろうが……」

苦しげな声で、二郎真君が息をつく。

「おまえを、汚すぞ？　そのきれいな顔に、私のものをぶちまけてやる」

「ああ、……ね、が……、っ、……」

彼を口に含みながら、舌を使いながら悠珣は言う。

「早く……、体の熱が、治まらないのです……」

二郎真君の欲望に指を絡め、上目遣いに彼を見ながら悠珣は呻く。二郎真君は目をすがめ、少し目もとを震わせると、言ったとおり自らに舌を這わせる悠珣の顔に白濁を散らす。

「んぁ……、ああ、あ……っ、……」

男の精を顔に受けて、悠珣は喜悦の表情を見せる。それがどこまでも淫猥《いんわい》であり同時に奇妙に清廉なのは、相手が神であるからなのだろうか。

「……っ、ん、……、っ、……」

まだ足りないとばかり、顔を汚した悠珣は流れ落ちる淫液を舐め、さらには少し力を失った二郎真君を舐めあげた。

「まったく、かわいらしい小兎め」

二郎真君は、手を伸ばす。悠珣の顎に指を絡め、ぐいと上を向かせた。

「おまえがそんなだから、私はおまえを手放せずにいるのだぞ？　人間界の癸種などに情を移して、と私がどれほど蔑《さげす》まれているか、おまえは知らないだろうが……」

「二郎真君さま……、挿れて……」

男たちにくちゃくちゃにされた袍の前を開いて、悠珣は誘う。褌子はどこに落ちたのかなく、袖を抜けば悠珣は全裸だ。

「おまえは、私の誘惑の仕方をよく知っているよ」

諦めたように、二郎真君がささやく。彼はぐいと悠珣の下半身を引き寄せると、慣らすこともせずにいきなり自身を秘所に突き挿れた。

「ああ、……、っ、……、っ……、！」

悠珣は、大きく腰を跳ねあげた。柔らかい蜜口は易々と男を呑み込む。ぐちゅ、ぐちゅ、と音がして欲芯が中に挿れられる。擦りあげられて悠珣は歓喜の声をあげる。

「二郎、真君……さ、ま……」

熱い息で、悠珣はつぶやいた。

「全然、違う……、二郎、真……君……、さま、……、っ……」

「なにと比べておるのやら」

二郎真君の欲望は、的確に悠珣の感じるところを突く。大きく小さく、柔らかく硬く形を変えて悠珣の癸種の壺《つぼ》を的確に擦る。悠珣の口からは声が洩れっぱなしで、早々に咽喉が嗄れてきた。

「おや、先に音《ね》をあげることは許さんぞ」

彼は悠珣の腰に手を添え、大きく揺すりあげる。接合部がじゅくじゅくと音を立てた。

二郎真君は指を伸ばして繋《つな》がった部分に触れ、粘ついた液体をからめとった。

「美味いといえば、おまえのほうこそ……これほど甘い香りをさせていれば、甲種どころか乙種だろうと、おまえが欲しくて仕方のないものを」

「や、ぁ……あ、ああ、あ、あ！」

二郎真君が内壁を擦ると、悠珣は声を掠れさせて喘いだ。腰を揺らされて感じる肉を強弱をつけて煽《あお》られて、悠珣は大きく体を震わせた。腕を伸ばして自分を犯す男を抱きしめて、その耳もとでねだる言葉を口にする。

「もっと、奥まで……」

はっ、と乱れた呼気とともに、悠珣はつぶやく。

「奥の、奥……俺が壊れるまで、深く」

「壊してしまっては、元も子もなかろう」

ずくり、と中ほどまでを犯し、その感じる部分を執拗に擦りあげながら二郎真君は言う。

「私の、かわいい癸種……どこまでも、いつまでも愛でてやろうに」

二郎真君は体を倒し、深く繋がるとまだ精液で汚れている悠珣の唇を奪う。上と下、両方で深く繋がり、双方からぬちゃねちゃと粘着質の音があがった。

「や、ぁ……、……、っぁ、あ……」

より深く呑み込もうと、悠珣が腰を捩る。そんな彼をなだめるように二郎真君は小刻みに舌を吸って、悠珣に新たな快楽を与える。

「ん、ん……、っ、く……、っ、……、っ、……」

「いつまでも、こうやって……おまえの甘い香りを味わっていたいものを」

蜜壺が、不規則に動く二郎真君の欲望を受け止めようとうごめく。その動きが悠珣に快楽を与えた。悠珣は裏返った声をあげ、身を捩って過剰すぎる快楽から逃れようとする。

「離さぬぞ……私のもとから離れることは、許さぬ」

「や、っ、……で、も……二郎真君、さ、ま……ぁ……」

ふたりの腹の間で擦れている悠珣が、限界を訴えている。小刻みに震え、唇がわなないている。白目が多くなり、その目は焦点が合っていないようだ。

「く……、達、く……くっ、……」

「ああ、達け」

二郎真君は、大きく腰を突きあげた。彼の硬いものは最奥の手前の感じる部分を繰り返し擦り、ぞくぞくと迫《せ》りあがる快感に悠珣は溺《おぼ》れた。

「何度でも、達け……私が、見ていてやる」

「あ……ああ、あ……あ、っあ、あ……ああ！」

ひときわ強く擦られて、悠珣は嬌声とともに果てた。それでも二郎真君は、突きあげをやめない。ぐちゅぐちゅと音を立てながら最奥までを突き、引き抜いては感じるところを刺激する。また深くを抉られて、頭の中まで真っ白になってしまう快楽が走る。

「やぁ、あ……ああ、あ……、っ、……」

いったん放ったあとの快感は、おかしくなってしまいそうな危うさを秘めている。このまま彼に身を任せていれば、頭の掛け金が食い違って自分が壊れてしまいそうな、それでいて、その深淵《しんえん》を覗いてみたいような感覚に囚《とら》われるのだ。

「っあ、あ……、じ、ろ……、し、んく……っさ、ぁ……」

「なんだ、もう限界か？」

果てることのない男は、無情な声でそう言った。

「もっと、おまえの艶めかしい姿を見ていたいと思ったのに。それも、もう終わりか……？」

「だ、……って、……、っ、……」

しかしその深淵を見てしまえば、きっと現世には戻れない。それが天界に行くということなのだろう。なおも自分の体内で熱い二郎真君は、幾度か擦りあげて、そして美味な淫液を悠珣の中に吐き出した。

「おまえのつがいなど、見つからねばよい」

愛おしげに頬ずりをしながら、二郎真君は言った。

「おまえの、この香りをかげなくなるなど……辛《つら》くてたまらぬ」

「二郎真君さまが、俺のつがいになるのは無理なのですか？」

ぼんやりと、浮かされたような声で悠珣は尋ねた。

「私とおまえは、そもそも種族が違う。甲種や乙種とはまた違う、種類だ」

ちゅく、と開いた唇にくちづけをしながら二郎真君は言った。

「癸種のつがいになれるのは、甲種だけ……それだけは、天帝にも揺るがせぬ地の掟《おきて》」

うたうように、二郎真君は言った。

「だから、おまえにつがいなどできねば……私は、おまえを愛でていられる。この希有《けう》なる香りをかいでいられる」

「俺は、いやです」

はっ、と乱れた吐息とともに、悠珣は言った。

「二郎真君さまが、もっとしばしば来てくださったらいいのに……」

そうすれば、悠珣を抱くのは二郎真君だけになる。村の男などに発情を抑えてもらわなくとも、男たちよりもより激しく深い快楽を与えてくれる二郎真君にだけ抱かれていたい。

「おまえは、つくづく残忍なやつだ」

困ったような顔で、二郎真君は言った。

「天界に来るのはいや、しかし私に抱かれるのは構わないと……まったく、閻魔《えんま》も驚く惑わしぶりよ」

「惑わせてなんか、いません……」

二郎真君が、体を起こす。短くも濃厚だった情交の痕《あと》は悠珣の体に濃く残っていて、もっとねだって声をあげたくなる。

「……あ」

顎をとらえられ、くちづけられながら悠珣は目の前をよぎる赤に気がついた。先ほども見た色。それがなんなのかまったくわからず、しかしひどく心惹かれるような気がする。

（……誰？）

二郎真君に舌を絡められ、甘い匂いのする蜜をこぼしながら悠珣の頭には自分でもわからないなにか――誰かの影が映る。本当に、こうされたい相手。手を伸ばしたい人。抱きしめられたい腕。

(なん、なんだ……?)

戸惑う悠珣の心に、二郎真君は気がついているのだろうか。赤――激しく燃え盛る炎の色。それが意識に引っかかって離れない。このようなことは、いつもならないのに。

「ああ……月が動くな」

悠珣を抱きしめたまま、二郎真君が言った。

「月?」

「人間界に、変化が起こる」

二郎真君は、目を細めて空を見ている。人間界の変化――それはやたらに目の前によぎる赤と関係があるのだろうか。

「悠珣……?」

ぎゅっと、二郎真君に抱きついた。その白い胸に顔を埋《うず》める。すると彼は抱き返してきて、その冷ややかな腕の中で目を閉じていると、紅華と林杏の声が聞こえてきた。

第二章　皇帝との出会い

罧国には、養嗣子《ようしし》という制度がある。

皇帝に子ができなかった場合、近縁の男子を養嗣子として皇太子にする。皇帝の即位とともに養嗣子は定められるが、皇帝に子ができれば、その者は側仕《そばづか》えの臣下として皇帝に仕えることになる。

皇帝が、崩じた。この皇帝は養嗣子で、その先代も養嗣子だったという。そろそろ濃い血を継ぐ新皇帝が欲しい、というのが村の者たちの意見だった。

「悠珣、似合ってるぞ」

はしゃいだ声でそう言うのは、紅華だ。

「そういう恰好すると、悠珣じゃないみたい」

林杏は、あまり気乗りがしないようだ。たっぷりの布で仕立てられた白地の長袍と褲子には、黄色と水色で牡丹《ぼたん》が描いてある。この細かい刺繍《ししゅう》は、皐族の女たちの手によるものだ。

袍と褲子は、絹だった。そのような高価な衣類をまとったことがない悠珣は戸惑い、くすんだ鏡に映る自分を何度も見た。

「俺が……王都なんかに行っていいのかな」

悠珣は皐族の星見だということで、村長より王都行きを命ぜられた。しかし罧国の王都、啓城《けいじょう》は皐族の村から馬を使ってもひと月はかかる。そのような辺鄙《へんぴ》な地にある村の星見の挨拶《あいさつ》など、仮にも皇帝が受けるものだろうか。一瞥《いちべつ》されて、忘れられるのが落ちなのではないだろうか。

「皐族の存在を、知らしめたいんだって」

林杏が、やはりあまり面白くない、といった調子でそう言った。

「今度の皇帝は、国内のどんな小さな種族にも目どおりを許してくれるんだって。それに繻蘭《しゅらん》が一緒に行くだろう？　新しい皇帝の後宮に入るんだってね。うまくいけば、皇后だよ」

繻蘭とは、皐族の村一番の美貌を誇る娘である。村長が、あわよくば皐族から皇后をと皇帝の後宮に送り出す娘だった。

「皇后は無理だろうけど、側室のひとりにでもなれたらいいね」

紅華は、どこかうきうきしている。悠珣について王都に行けることが嬉しいらしい。悠珣は、密《ひそ》かにため息をついた。

二郎真君が「人間界に変化が起こる」と予言めいたことを口にした直後、皇帝が病に倒れた。とうとう鬼籍に入ったのはそれから五年。悠珣は、二十三歳になっていた。癸種の定めどおり、三月《みつき》に一回の発情期に村の男たちを呼び寄せてしまう体質は変わらず、この村には悠珣を抱いたことのない男はいないだろう。

星見でありながら、娼婦《しょうふ》のような——そんな生活も、十年も続けば慣れる。甲種のつがいが現れれば、悠珣の香りはそのつがいにしか感じられないものになるらしい。しかしそのようなものの気配は、この十年間まったくなかった。

（……甲種）

ときおりよぎる、赤の印象。誰のものともわからない、しかし悠珣にとって忘れられないその赤は、悠珣のつがいのものなのだろうか。しかし『赤』というだけでその主を捜す方法などあるはずはない。二郎真君の望むとおり、悠珣はつがいのない癸種として一生を過ごすのだろうか。一生、男たちの慰み者として生きるのだろうか。

「悠珣？」

紅華が声をかけてくる。悠珣は、はっとして彼を見やった。紅華も林杏も、もう十六歳になっている。

(紅華たちも……そのうち、俺を抱くのかな)

諦めの気持ちで、悠珣は紅華たちを見る。彼らも新しい衣を仕立ててもらって、似合っているのいないのとはしゃいでいる。幼いころから一緒の彼らに『抱かれる』など、それは想像もつかないことだけれど、それが宿命なら仕方がない。事実林杏が悠珣に注いでくる視線は、今までのものとは違うように感じるのだ。

(まぁ、考えても仕方がない)

迎えの馬がやってきた。後宮に入る繻蘭は馬車に乗っていくが、男たちは馬だ。悠珣はあまり馬に乗ったことがない。それなのに馬で一ヶ月の旅に耐えられるのか心配になりながら、与えられた栗毛の馬を見ると、その真っ黒な瞳はそんな悠珣を励ますようにこちらを見てきたように思った。


罧国の王都、啓城は圧倒的な城下町だった。

手形を見せて入った見あげるばかりの門は、黒々と塗りあげられている。長剣を構えたたくさんの武人が門を守っていて、少しそちらに目をやると、ぎろりと睨みつけられる。

悠珣は、震えながら馬から下りた。

　皐族の村の代表は、村長の息子の翔芳《しょうほう》だ。彼が入城の手続きをしている間に、悠珣はあたりを見まわした。紅華と林杏がぴたりと横にくっついている。彼らは目を光らせてまわりを窺っていた。

「そんなに、警戒しなくても」

「だって、これだけたくさん人間がいるんだ」

　紅華が、すれ違った男に鋭い視線を寄越しながら言う。

「誰かが、悠珣の匂いに気がつくかもしれない。こんなところで攫われでもしたら、僕たちには捜し出せないよ」

「今は発情期じゃないし、大丈夫だって」

　悠珣は笑うけれど、紅華も林杏も真剣だ。やがて翔芳が声をかけ、繻蘭の乗った馬車が動き始めるまで、紅華たちは全身で悠珣を守っていた。

（紅華たちが、俺を抱こうと思うなんて……そう考えるだけで、失礼だったかな）

　幼いころは、悠珣のつがいになりたいと言っていたふたりだ。しかし時を経てつがいのない癸種である悠珣のありさまを見て、そのようなことは考えなくなったのだろうか。ただ悠珣を守ることに専念するようになったのだろうか。

馬に揺られて、城下町の中に入る。大通りは馬が十頭並んでも通れるくらいに広く、しかし人でごった返している。馬で移動していると、子供なら踏みつぶしてしまうのではないかと心配してしまうほどの混み具合だ。

両脇《りょうわき》にはありとあらゆるものの出店がある。饅頭《まんじゅう》や焼き餅《もち》などの手軽に食べられるものの店からの匂いは、ついついそちらに顔を向けてしまう。天井から吊《つ》りさげられた丸焼きの豚が目を惹く。衣服、米や麦、おもちゃ、蠟燭《ろうそく》に墨硯《すずり》、紙、筆、壺に皿、魔除《まよ》けの札を売っている店もある。

「すごいね、すごい人通りだ」

林杏が、きょろきょろしながら馬を進める。先ほどまでの鋭い視線はどこへやら、行く人、食べものの香り、並べられた品物に意識を奪われ、林杏は今にも馬から落ちてしまいそうだ。

「林杏、気をつけて」

紅華は、鋭い視線そのままだ。彼にはまわりの喧噪《けんそう》も耳に入っていないようで、ぴったりと悠珣の栗毛の馬に自分の馬をつけている。

「こういうところこそ、危ないんだ。悠珣になにかあったらどうするんだ」

「あ、うん。ごめん」

林杏も、きょろきょろしていた目を悠珣に向け、きゅっと表情を引き締める。悠珣はなんとはなしに居心地悪くなって、鞍《くら》の上に座り直した。

「これだけ人がいるんだ、悠珣のつがいも、どこかにいるかもしれないね」

「でも、つがいってどんな人？」

馬車について馬を進めながら、紅華が言う。

「デブでハゲのオジサンだったらどうする？　ねぇ、悠珣？」

「でも……つがいの運命には、逆らえないみたいだから」

甲種と癸種の関《かか》わり合いについて、知っている人はどれくらいいるのだろう。これだけたくさんの人がいるのだ、稀少《きしょう》だと言われている癸種だって何人かはいるに違いない。悠珣は、彼らに会ってみたかった。彼らも悠珣のような生活を送っているのだろうか。それとも運命の甲種に出会い、つがいとなって幸せな日々を過ごしているのだろうか。

「俺はやだな。悠珣のつがいは、容姿も腕力も身分も、最高の人がいい」

「って、皇帝のこと？」

林杏は、からかうように紅華に言う。三人は行く手を見あげ、そこにそびえる石造りの堅牢《けんろう》そうな城は、見る者に威圧感を与える。生半可な覚悟では入ることを許されない場所だ。そしてそこには、即位したばかりの皇帝がいる。

「新しい皇帝は、御年二十六歳だから、ハゲってことはないと思うけど……」

「二十六歳だって、ハゲてる人はハゲてるよ。それに、養嗣子として乳母日傘だったんだろう？　デブの可能性もある」

「おまえ、不敬すぎるぞ」

「どうせ、直接会うこともないんだ。どう想像しようが、俺の勝手だ」

はっ、とため息をついて、悠珣はふたりのあまりにも非礼な会話をやめさせた。

「そもそも、俺のつがいの話から、どうして皇帝がどんなお人かという話になるんだよ」

「だって、皇帝は金狼族だろう？」

かぽ、かぽ、と馬はゆっくりと人混みの中を行く。

「金狼族には、甲種が多いらしいじゃないか。その可能性は、ないではないよ」

「王都にだって金狼族は多い……ほら、あっち」

林杏は、そっと行く先を指さした。頭の上のぴんと立ったふたつの耳、下肢に揺れる太く立派な尾。

「金狼族、初めて見た」

「俺も……」

悠珣も、興味深くその銀色の毛並みを持つ金狼族を見る。彼は悠珣たちの視線などもののともせずに、堂々とした足取りで歩き、やがて人混みの中に消えていった。

「さっきみたいに、素敵な人だったらいいのにね」

「なにが？」

「悠珣の、つがい」

紅華は言って、じっと悠珣を見た。彼の、髪と同じ瞳の色に悠珣はたじたじとなり、馬の足が乱れる。

「そんなの……俺が選べることじゃない」

「それは、そうだけどさ」

なぜか紅華は機嫌悪そうにそう言って、馬の足を速めた。とはいっても、この人通りだ。紅華の馬は、たいして前には進まなかったのだけれど。

（紅華……？）

林杏は、また道の脇の店々に気を取られているようだ。しかし紅華はまっすぐ前を見て、その視線は先ほどよりも鋭いように感じられた。

新皇帝の即位の挨拶にやってきた民族は無数にあって、悠珣たちは七日ほど、宿屋で順番を待たされることになった。

「こういうときってさ」

紅華が言った。

「直接皇帝に目どおりとかできないのが普通だろう？　でも新しい皇帝は、挨拶に伺った民族すべてに目どおりするんだってさ」

「だから、こんなに時間がかかってるのか？」

林杏が、宿の床に寝転びながらため息をついた。

「啓城も、もう見尽くしたし。帰りたくなってきた……」

「帰りたかったら、帰ってもいいよ」

冷たく、紅華が言う。

「俺は、皇帝が見たいから待つよ。それに、悠珣はどのみち待ってなきゃいけないんだから」

「林杏、帰りたいんだったら帰っていいよ？」

膨れっ面を作った林杏に、悠珣は優しく言った。

「林杏は、無理にここにいることはないんだからさ。店だって閉めっぱなしなんだから、林杏が帰ってくれると助かるけど」

「わぁぁ、悠珣までそんなこと言うんだぁ！」

じたばたと両手脚をばたつかせて林杏は言った。

「俺は帰らないよ、悠珣と一緒に皇帝を見るんだ」

「でも、俺たちの番になるまでどれくらいかかるかわからないし、村に帰るまでまたひと月かかるんだから」

「……もう、馬はいやだ」

林杏の呻きに、悠珣はくすくすと笑う。そこに入ってきたのは、翔芳だ。

「明日、お目どおりが叶うことになった」

三人は、ぽかんと彼を見る。そんな三人に焦れたように、彼は足を踏み鳴らす。

「皇帝陛下にお目にかかれるというのだ。もっと驚かんか！」

「ええっ！」

彼の言ったことが、今さら脳裏に巡った三人は声を揃えた。

「え、明日？」

「ずいぶん急だな」

「七日も待たせておいていきなり明日？」

「陛下のご決断に文句があるなら、お目見えしたときにそう言ってみろ」

翔芳は、無意味に威張ってそう言った。

「とにかく、明日だからな。衣に汚れのないように、皺《しわ》のないように。ちゃんと確認しておけ」

悠珣は立ちあがった。村を出るときに試しにまとった白の長袍と褲子はきちんと畳んで行李《こうり》に入れてある。それを改めて取り出してそれこそ汚れや皺がないかと調べていると、知らず緊張が高まっていくのがわかった。


黒の長袍姿の老人に先導されて、悠珣は歩いていた。

両脇には紅華と林杏がいる。彼らも、白い新調の衣装をまとっている。

目の前には翔芳だ。いつも居丈高な彼も、さすがにその脚が震えているのがわかる。

この小さな集団を守るように、もしくはこれから目どおりする皇帝に万が一のことがないようにか、青龍刀《せいりゅうとう》を佩《は》いた兵士が六人、取り囲んでいる。

時間は、巳《み》の刻。呼び出されたのは卯《う》の刻だったから、ここにとおされるまで四時間待たされたことになる。黒袍の老人が迎えにきたときはほっとしたが、同時に「皇帝に会う」という事実が目の前に迫り、緊張が増してすぐには立つことができなかった。

紙の入る隙間もないくらいきっちりと組まれた岩床を踏み、竹で組まれた模様が龍を模している窓の前をとおり、ぐるぐると王宮の道を行く。先導の黒袍の老人がいなければ、悠珣はとうに迷子になっていたことだろう。

卯の刻から、さらに半刻《はんとき》。誰もが口を開かず奇妙な緊張が漂う一団は、足音だけで半刻を歩き続け、やがてこのままでは疲れて皇帝の前で口を利くどころではないと思い始めたころ、黒袍の老人が足を止めた。

彼は、振り返る。悠珣は、ひゅっと息を呑んだ。昼前の風が、ふわりと流れて悠珣の髪をくすぐる。

「ここから先は、龍の血の流れる場所だ」

黒袍の老人の言葉に、はっとした。血の流れる場所――つまり、龍と称される皇帝が直接足を運ぶ、皇帝の御座にほかならない。

「おまえたちのような葉末の村の者たちが、畏《おそ》れ多くも龍顔を拝することができるなど、望外の慶《よろこ》びと言わねばならない」

咳払《せきばら》いとともに、老人は言った。

「万が一にも、不作法は許されない。よけいな口など利けば、おまえたちの首などすぐに飛ぶと、覚悟しておけ」

悠珣の左隣で、紅華がぶるりと身を震った。そっと見ると、林杏も下を向いてがくがくと震えている。悠珣も背筋が凍るような緊張の中、老人の言葉を聞いていた。

「口を利く必要はない。龍顔を見ることも許されておらぬ。ただ、龍体の口にされることを聞き、すぐに下がるだけだ」

四時間も待って、さんざん歩いて、皇帝の顔を見ることもできないのかと悠珣はがっかりした。しかし皇帝の顔を見たところで緊張が増すばかりだ。

まったく、と老人が小さくぶつぶつと言っている。針が落ちても聞こえるような静けさの中、老人の声が聞こえた。なんでも皇帝は気まぐれで、皐族の村の者に会うことなど諸臣は誰もが反対したのだということらしい。

もっともだ、と悠珣は思う。同時に、なぜ新皇帝は皐族の村からの挨拶などに応じる気になったのだろうか。老人の言うように、皐族の村など、葉末も葉末、皇帝に認識されているとさえ思えない。皇帝の真意が知りたいという気持ちが、悠珣の中で湧きあがる。

ひざまずけ、と老人は言った。

「顔をあげるな。口を利くな。龍顔を拝そうなどと、考えるな」

老人は繰り返す。悠珣の目の前の翔芳などは、がくがくと震えて見るも憐《あわ》れなほどだ。

「まぁ、そう言うな」

声がした。静かな空間に響く、低く涼やかな声だ。脳裏に沁み入る声音に悠珣は、はっと顔をあげた。

「爺《じい》。そんなふうに押さえつければ、ますます萎縮《いしゅく》してしまうだろうが」

「……あ、……！」

赤い髪。金狼族特有のぴんと立った耳。細めた目は黒で、まっすぐな鼻梁に薄い唇には笑みを浮かべている。長身痩軀《そうく》に髪と同じ色のふさふさとした尾。

悠珣の頭の中で、ぱちんとなにかが弾ける。その容姿、その色彩。彼は若竹色の長袍をまとっていて、それは彼の髪によく似合った。

「そこな者！」

老人の声が飛んだ。

「顔をあげるなと言うただろうが！」

誰かが、袖を引いている。「悠珣！」と密かに声をあげているのは紅華か林杏か。しかし悠珣は、赤い髪の男から目が離せなかった。

（あの、人……）

折に触れて悠珣を苛んだ、赤の印象。それがいったいなんなのか悩み、しかしまるで封じられているように思い出すことができず、悶々《もんもん》とした思いを抱いていた感覚。

（あの人……だ……）

次々と声がかかる。袖を引かれる。しかし悠珣は顔をあげて赤の男を見つめている。赤の男も悠珣を見やり、そして小さくくくっと笑った。

「陛下？」

黒袍の老人が、ぎょっとしたように彼を見る。その黒い瞳に誘われるように悠珣は立ちあがり、ゆっくりと歩を進める。

「おまえ、なにをしている！　ここは、龍の血の流れる場所ぞ!?」

「固いことを言うな、爺」

響いた声に、びくんと震える。悠珣は足を止め、しかし赤い髪の男は微笑んで悠珣に手を伸ばし、悠珣はその手を取った。

「皐族の星見。なんという名だったか？」

「悠珣……」

手が触れ合う。びりっ、と触れたところから雷のようなものが走る。それにひるんで手を引っ込めると、赤の男は悠珣を抱き寄せ、その力強い腕の中に包み込んだ。

「もう、離さない」

男が、掠れた声でそう言った。

「ずっと、このときを待っていた……おまえを手に入れることばかり、考えていた」

「お、れも……」

腕の中で、悠珣はその胸に顔を擦りつける。まとめた髪が乱れるのも構わず、まるで動物の子供が自分のものに匂いをつけるように首を振るった。

まわりがざわついている。しかしそのようなことは気にならなかった。悠珣は、今までの鬱屈《うっくつ》を晴らすように赤の男に縋《すが》りついたまま、顔をあげない。

「こいつはもらっていく」

彼は言って、ひょいと悠珣を抱きあげた。力強い腕に、まるで荷物のように抱えあげられて悠珣は驚いたけれど、落ちないように彼の肩口にぎゅっと摑まる。

「今日の謁見は、終わりだ。爺、皆にそう伝えておけ」

「陛下！」

赤の男は、そのまま悠珣を奥へと連れていく。いくつもの扉を抜け、すべての扉に控えている兵士たちが目を丸くしている。それが少し恥ずかしかったものの、しかし悠珣の抱くのと同じ焦燥を、赤の男ももてあましているのだということを悠珣は知っていた。

一番奥の扉を開けると、女官らしき女性たちが「きゃっ」と声をあげる。男は彼女たちを無視して奥に入り、そこにあった豪奢《ごうしゃ》な臥台《しんだい》の上に悠珣は横たわらされた。

「あ、なた……」

　悠珣は手を伸ばす。震える指先を男の輪郭に這わせる。

「俺……ちゃんとした記憶が、ないんです」

　声も、指先同様震えていた。男は、ん？　というように首を傾げた。赤い髪が、さらりと垂れる。

「あなたの、名前……」

「思い出せ」

　意地の悪い声で、男は言った。

「おまえには、伝えてやったはずだ。あのとき、おまえは私をその名で呼んだ……」

「あ、っ、……」

　意地悪を言う唇が、重なってくる。悠珣はそれ受け入れ、目を閉じる。すると体の奥から、熱いものが沸きあがってくる。

「ん、……ん、っ、……」

　熱い唇はしっとりと吸いつき、きゅっと吸いあげてくる。ぞくぞくっと背筋に悪寒が走り、悠珣は掠れた声をあげた。

「い、や……、っ、……」

「あのときも、おまえはいやと言っていたな」

男は、唇を重ねたままささやく。

「今も、いやか？　私に抱かれるのが、いやか？」

「ちが……、っ……」

呼吸が苦しくて、それでいて重ねられた唇が心地よくて。悠珣は肩を震わせる。

「あなたの、名前……、呼びたいのに……、っ、……」

ふふ、と男は楽しげに笑う。どうやら徹底的に、悠珣には自分で名前を思い出せということらしい。

「あなた、は、俺の名前、訊《き》いた、のに……」

「私はいいんだ」

傍若無人なことを言って、男は悠珣の長袍の襟もとに手をやる。ぱちん、ぱちん、と留め金が外されていく。鎖骨のあたりまでに風が入ってきて、悠珣はぶるりと身を震わせた。

「私は、皇帝だからな」

「ああ、……、っ、……」

唇が深く重なり、するりと舌が挿り込んでくる。悠珣は反射的に唇を開き、ふたりの舌が絡む。表面のざらりとしたところを重ね合わせ、するとたまらない刺激が体を貫く。

「おまえ……、自分がどれほど甘い香りをさせているか、わかっているのか？」

悠珣の胸を撫であげながら、男——皇帝は、言う。

「ん、な……、っ……」

悠珣は身を捩った。すると皇帝の体に両脚の間が当たり、自分がすでに勃起していることに気づいた。かっと、頬が熱くなる。はっと見あげた皇帝の耳は、内側が赤く染まっている。それが奇妙に艶めかしかった。

「やぁ……、っ、……、っ……」

「我慢など、できるものか。誰になんと言われようと、おまえを抱かずには終わらない……」

ちゅく、ちゅく、と唇を吸いあげられる。そのたびに背中に痙攣が走った。悠珣は、小刻みに掠れた声をあげる。

今は、発情期ではない。それなのに癸種である悠珣の香りを感じられるということは、皇帝は間違いなく甲種なのだ。そして、悠珣のつがいかもしれない——どうすればつがいとなれるのか。それともつがいとは生まれつき決まっているものか。悠珣は知らない。今の悠珣が求めるものは皇帝のくちづけであり愛撫であり、彼に抱かれることしかなかった。

「おまえが来るのは、わかっていた」

くん、と悠珣の香りをかぐように、鼻を鳴らしながらささやいた。

「あのとき聞いた、皐族の星見という身分――それを覚えていたからな。だからすべての民族の謁見を許した。皐族の使いが来ないか、首を長くして待っていた……」

「いぁ、あ……、っ、……」

唇を咬まれ、その痕を舐めあげられた。ぞくぞくっと悪寒のような感覚が全身を走る。皇帝の目からそれを隠すことなどできるはずがなく、彼は楽しげにくすりと笑った。

「もう、感じているのか？」

悠珣の鎖骨から、咽喉仏を撫であげながら皇帝は言った。

「ここも、こんなに震わせて……恐ろしいのか？」

「い、え……」

ひくっと咽喉を鳴らしながら、悠珣はか細い声で言う。

「恐ろしくは……ありません……」

ただ、と悠珣は言った。

「嬉しくて……」

「嬉しい？」

悠珣の顳先に唇を落としながら、皇帝はささやく。悠珣は手を伸ばし、彼の背中を抱きしめた。

「俺も……あなたを、待っていました。あなたに、もう一度会えること……もう一度会って」

「こうする、ことか？」

ひぁ、と悠珣の嬌声があがる。皇帝が悠珣の咽喉もとに吸いついたのだ。きゅっと力を込められると、全身にぞくぞくとした感覚が走った。

「痕があるな……」

皇帝の言葉に、悠珣はびくりと震えた。目を見開くと、皇帝が悠珣の鎖骨あたりをなぞっている。いったい誰がつけたのだろう。そこだけではない、悠珣の体はくちづけの痕だらけだ。悠珣を抱く男たちの中には、まるで恋人にそうするようにくちづける者もいる。だが発情期の悠珣にはそれをとどめる術などなく、それどころか悦んで受け止めさえしたのだ。

しかし、今はそれを後悔していた。皇帝に——あの赤の男に見られるようなことがあるのなら、なにをおいても拒否すべきだった。そのようなことができるはずもなかったのだけれど。

「おまえの体は……もう、私のものだ」

ぺろり、と痕のひとつを舐めあげながら皇帝は言った。

「今後、おまえの体に刻まれる痕は、すべて私のものだ。決して離さない……こんな、甘い匂いのするおまえを」

あのとき、皇帝は甲種や癸種のことを知らなかった。今も知らないようだ、と悠珣は思う。発情期ではない癸種の匂いを感じ取ることのできるのは甲種だけで、だから皇帝は紛れもなく甲種だというのに。

「ほかの者は、平気なのか？　こんな……身の奥がざわつくような匂いだ。誰もがおまえを欲してたまらないだろうに」

「俺には……陛下だけ、です」

悠珣は、皇帝の背にまわした手に力を込めた。

「陛下だけが。俺の求める人……今までのことなんて、全部、捨てて」

「悠珣……」

ふたりの唇が触れ合う。最初は重ねるだけ、少しかさついた唇の感覚が心地いい。悠珣はうっとりと酔い、その間に皇帝の手は悠珣の長袍に這い、前を広げていく。

「ん、……っ、……」

「白いな……」

皇帝の指が、悠珣の胸を這う。そこに点々と刻まれた、花びらのようなくちづけの痕を辿っているのかもしれない。

「眩《まぶ》しいほどだ。肌理《きめ》も細かくて、指が吸いつく……これほどの体をほかの男に任せていたとは、我ながら惜しがるしかない」

「今は……陛下だけ、です……、っ……」

「ああ、わかっている」

唇を重ねたまま、皇帝は言う。

「私以外のものであってたまるものか。おまえは私のかわいい、唯一の姫ぎみ……一生、私とともにいろ」

「は……、い……、っ、……」

それは、願ってもないことだった。この皇帝の、唯一の存在になれるなんて。しかし皇帝には後宮があって、無数の妃たちがいる。癸種などと、ただ珍しがられるだけの存在――皇帝に飽きられれば、また顔も知らない男たちに抱かれる日々に戻る。皇帝の圧倒的な魅力を知って、もとの生活に戻れるとは思えなかった。

「俺は……、陛下のもの……で、す……」

それでも構わない。今この瞬間皇帝に抱かれ、その強い腕に包み込まれる至福を知ることができるのなら、死んでしまっても構わない。

「かわいいことを言う」

ちゅっと音を立てて、くちづけられる。くちづけはまた顎に這い、咽喉をすべって鎖骨のくぼみに至る。強く吸いあげられると腰がふるりと跳ねた。それを封じるように皇帝は悠珣の体を押さえ込み、そのまま長袍の前を開いてしまう。

「あ、……、っ……」

肋の浮いた、貧相な体が露《あら》わになる。じっと見つめる皇帝の視線を恥じらって、悠珣は顔を背けた。しかし皇帝は大きな手でざらりと肌を撫であげ、手の肉刺が胸の尖りに引っかかって悠珣は声をあげた。

「この程度で声をあげていては、この先辛いぞ？」

そう言いながらも、皇帝の唇はにやりと持ちあがっている。彼に攻め立てられることを想像して悠珣の体はわななき、肌が粟立った。

「言葉だけでこれだけ反応できるのか。仕込み甲斐《がい》がありそうだな」

皇帝は、顔を伏せる。彼の唇は胸の尖りを含み、ちゅくりと吸いあげた。体の中心を痺れが走る。悠珣は掠れた声をあげ、すると皇帝は、ますます強く乳首を吸った。

「や、ぁっ……、っ、……」

もうひとつの乳首は、指で抓まれる。ころころと転がされて、体中の神経が反応した。身の奥がかっと熱くなる。褲子の下の欲望は勃ちあがり、先端から淫液をこぼしている。双丘の奥の秘部からも、蜜が洩れ始めている。

（発情期じゃ、ないのに……！）

自分の体の反応に戸惑った。確かに皇帝は甲種だけれど、甲種を前には見境なく発情してしまうものなのだろうか。褲子をつけたままだというのにその下の反応に気がついているかのように、皇帝は舌なめずりをした。それが奇妙に野性的で艶《つや》めいていて、悠珣はどきりと胸を鳴らす。

「ここも、こんなに尖らせて……」

勃った乳首を押し潰《つぶ》し、指先を動かされた。それにもびりびりと伝わってくる感覚があって、悠珣はもどかしさに身を捩った。

「や、ぁ……、そこ、ばっか……、り……」

早く、奥まで暴いてほしい。自分の中をかきまわしてほしい。しかしそのようなことを口にできるはずもなく、悠珣はただ、のしかかってくる逞しい体に自分の下半身を擦りつけることで欲望のほどを訴えた。

「どうしてほしいんだ？」

大きな手が、下肢を撫であげる。悠珣は、ひっと声をあげて脚を跳ねあげた。膝が皇帝を蹴《け》ってしまい、はっとしたけれど彼は艶めかしく笑っているばかりだ。

「言ってみろ……この、かわいらしい口でな」

ぎゅっと顎を摑まれた。唇を奪われ、再びの感覚にうっとりとしたところで離された。目を開けると、皇帝の黒い瞳がじっと見つめてきている。彼の指は悠珣の頰をすべった。

「泣くほどいいのか？」

「え？」

自分が泣いていたなど、気づかなかった。生温かいものが流れ落ちる。皇帝の指はそれをすくい取り、口もとに運ぶと、舐めた。

「甘いな……」

驚いたように、皇帝は言った。

「本当に、甘い。まるで、蜜でも溶かしたかのようだ」

自分の体液が甘いことは、知っている。悠珣を犯した男は必ずそう言ったし、無理やり舐めさせられたこともある。その行為には嫌悪しかなかったけれど、味は確かに甘かった。

「この、甘い匂いといい……おまえは、いったい何者なのだ？」

「特殊な……体質なのです」

ぎゅっと唇を噛みしめ、悠珣はかたわらを向いた。おかしな者と思われて、この名を思い出せない赤の男――皇帝に見捨てられたらどうしよう。そんな心配がよぎり、再び涙が溢れてしまう。

「泣くことはない」

皇帝の指が、新たな涙を拭《ぬぐ》う。再び舐め取り、その表情がうっとりしているように見えるのは気のせいだろうか。

「癖になる甘さだ」

満足げに、彼は言った。

「この味に囚われれば、おまえを離せなくなるのも無理はない。いくらでも……どれだけでも味わっていたくなる」

「そ、んな……」

同じことを言った男が、何人いただろうか。しかし皇帝に言われる同じ言葉は、響きが違った。悠珣の耳に甘やかに届き、癸種であることを誇りたくなる。

「これは、もう誰にも味わわせない」

悠珣の頬を舐めながら、皇帝は言った。

「私のものだ……案ずるな、誰にも渡しはしない」

頬から顎へ、咽喉へ、胸へ。舌がすべり落ちていく。乳首を吸われ鎖骨をなぞられ、臍のくぼみを舐められる。悠珣の体は揚げられた魚のように跳ね、立て続けに声が洩れた。

「ほかにも、秘密はあるのだろう？　特殊な体質だというのなら、もっと私を愉しませてくれるか？」

「あ、……、……」

ひくり、と悠珣は咽喉を震わせた。癸種ゆえの体質は、皇帝を愉しませられるのだろうか。気味が悪いと思われないだろうか――しかし悠珣が懸念する前に、皇帝は悠珣の褌子を引き下ろし、すると蜜に濡れた淫芯が彼の目の前に晒された。

「おまえは、ここもかわいらしい」

「ひぁ……、ああ、あ！」

悠珣の欲望を、舌が這う。舐めあげられ、嵩張《かさば》った部分にくちづけられ、先端をくわえて吸いあげられる。熱く火照《ほて》っていた悠珣の体はそれだけで絶頂を迎え、皇帝の口腔で白濁を弾けさせてしまう。

「あ、あ……、っ、……っ、……」

はぁ、はぁ、と荒い息が洩れる。しばらく胸を上下させていた悠珣は、皇帝が自分の唇を舐め、その唇の端から白濁がしたたるのを目にした。

「も、……申し訳……、っ、……」

悠珣は、力の入らない体を懸命に起こした。皇帝の頬に手をすべらせ、彼の唇を汚している淫液を舐め取る。

確かに、甘い味がした。しかしそれよりも皇帝の唇を汚すという行為に焦燥し、必死にぺろぺろと舐めた。

「ずいぶんと積極的だな」

皇帝の笑いに悠珣は、はっとした。

「申し訳ありません……！」

「なにがだ？」

起きあがった悠珣の背を抱きながら、皇帝は言った。

「おまえの濃い蜜を味わえたのではないか。悦びこそすれ、謝られる筋合いはないぞ？」

「で、でも……お顔を、汚してしまって……」

皇帝に会う前、黒袍の老人に龍顔を拝することさえ許されないと言われたことを思い出す。しかもその顔を欲液で汚してしまったなんて——どれほどに不遜《ふそん》なことか、悠珣は大きく震えた。

「おまえに汚されるのなら、本望だ」

ぺろり、と皇帝は唇を舐める。にやり、と微笑むのに悠珣はほっとし、しかし今度は、彼の顔をまともに見られない。その口が自身をくわえ、そのうえ——悠珣の頬は、かあっと熱くなった。

「ぐずぐず言っていないで、おとなしくしていろ……おまえのすべてを、味わわせろ」

とん、と肩を押される。悠珣の体は柔らかい臥台に吸い込まれ、皇帝はその腿に手をすべらせる。

「や、ぁ……、っ、……、……！」

脚を拡げさせられる。その奥は濡れていて、臥台にしみを作っているだろう。男なのに双丘の間が濡れるなんて。それこそまさに癸種の特殊さであり、皇帝に奇妙に思われないかと懸念するところでもあった。

「ふん……、ここが、濡れるのか」

その言葉に、はっとした。皇帝は変わらず微笑んでいて、それを意外に思った様子はない。

「……、……ないの、ですか……？」

「ん？」

悠珣の掠れた声に、皇帝はなおも唇を舌で辿りながら言う。

「なんだ？」

「気味が悪いと……思われないのですか……？」

なにがだ、と皇帝は問うた。悠珣はぎゅっと目をつぶり、もう片方の脚も開いて濡れた秘所を露わにする。

「このような、ところが……濡れ、てっ……」

「いい恰好だな、悠珣」

くすくすと笑いながら、皇帝はさらに大きく足を拡げさせた。

「特殊な体質だと言ったのは、おまえではないか」

「で、も……」

女ではないのに、自ら濡れるなんて。いったんは自分で開いた脚だったけれど、懸命に閉じようとした。しかし皇帝の手はそれを許してくれない。

「ここも、甘い蜜がしたたっているのだろう？　私を歓待しているようで、たまらなくかわいらしい」

「ひ、ぅ……！」

皇帝の指が秘所をすべり、悠珣はひっと声をあげた。触れられただけなのにぞくぞくっと体中を走る感覚は耐えがたく、悠珣は大きく背を反らせる。

「そうすると、ここがますますよく見える……」

皇帝は、顔を伏せる。このたび彼の舌がすべったのは秘所で、敏感な部分を辿られる感覚に悠珣は啼いた。

「やはり、甘い……ここまで私を誘惑して、どうするつもりだ？」

「あ、……、ん、な……、っ、……と……」

皇帝の舌は、それが単独で動く生きものであるかのように淫らに動く。密やかに閉じているそこは舐め溶かされてゆるゆると口を開き、赤い身を曝《さら》け出す。

「うつくしい色だ……まるで、熟した石榴《ざくろ》のような」

「やぁ……、っ、……、っ……」

つぷり、と指が差し挿れられる。悠珣は、大きく下肢を跳ねさせた。それを愉しむように皇帝は指を抜き、秘部をじっと見つめる。そしてまた指を突き込み、ぐるりとかきまわして、また引き抜く。

「っあ、あ……ああ、ん……」

悠珣は喘いだ。

「焦ら、さ……ない、で……」

「ああ、すまん」

愉しげに、皇帝は言った。

「おまえの反応が、かわいらしいものでな。もっと、もっと啼かせてやりたい……」

挿れた指を、自在に動かしながら皇帝は言った。

「どうすれば、おまえは悦ぶ？　どうされるのが、心地いいんだ？」

「ど、こも……」

ひくっ、と咽喉を鳴らしながら、悠珣はささやく。

「どこでも……、陛下が、触れてくださるなら……」

「では、ここも悦いのだな」

指が、二本に増えた。そこはしとどに濡れていて、指でほぐす必要などない——しかし皇帝は、まるで初めての者を相手にするかのようにじっくりとかきまわし、悠珣の焦燥を高めていく。

「挿……れて……」

耐えがたく、悠珣は声をあげた。

「挿れて、くだ……さ……」

「ほぉ、そういうことも言えるのか」

にやり、と微笑んで皇帝は言った。

「おまえが、どのようにねだるのか聞いてみたかった」

「だから……焦らしたのですか……？」

恨みを込めて、そう呻いた。くちゅりと三本になっていた指を抜き取った皇帝は、悠珣の体に乗りあげる。

「そうだな」

そっとくちづけながら、皇帝は言った。

「辛い思いをさせるつもりはないが……おまえの甘い声が、どう言うか聞きたかった」

「ひど、い……、っ、……」

そう言うな、と皇帝は笑う。そしてぐいと身を乗り出してきた。

「おまえの、欲しいものをやろう」

ぬちゅ、と濡れたものが押しつけられる。悠珣は、びくりと肩を震わせた。

「怯えているのか？」

悠珣は、ふるふると首を振る。頰に当たる髪にも感じさせられるくらいに、全身は敏感になっているのだ。これ以上待たされるのは我慢できない。

「は、や……、はや、く……、っ……」

熱くて太い、欲芯が挿ってくる——その圧倒的な質量に、悠珣は息を吞む。ぐちゅり、ぐちゅりとそれがゆっくりと挿入される。挿り口の襞を伸ばされ敏感な神経が剝《む》き出しになって、悠珣は背を反らせて喘いだ。

「やぁ、あ……ああ、あ……、っ、……！」

「どうだ？　おまえを、気持ちよくさせてやれているか？」

「ああ、気持ち、い……、っ、……、っ……」

焦れるほどゆっくりと、嵩張った部分が秘所を押し拡げた。挿ってくるものが徐々に太くなっていく感覚に、悠珣は息を呑む。

「だ、め……、っ、……いじょ、……、っ、……」

「だめ、だと？」

ふと、挿入がやむ。悠珣は、はっと目を開けたその前に黒く光る目があるのに気づく。そこからはぞくぞくするほどに艶めいた欲がしたたっていて、思わずごくりと固唾を呑んだ。

「挿れろと言ったくせに、やめろと言うのか？」

「ち、が……、っ……」

そういう意味ではない。挿入に慣れたはずの悠珣の秘所にもたまらない痺れを呼び起こすほど、彼は逞しかった。それに怖《お》じけただけだったのだけれど、皇帝は濡れた瞳を光らせながら酷薄な笑みを浮かべる。

「やめてやらない」

「ひ、ぅ……、っ、……」

「やめろと言うなら、もっとひどくしてやる……おまえが味わったことがないくらいに、な」

　突き込んだ嵩張った部分を引き抜かれ、はっと息をついた隙に、また突かれる。感じる神経を刺激されて高い声をあげると、また抜かれる。

　幾度、そうやって拡げられただろう。悠珣の秘所は流れ出た淫液でどろどろになり、ぐちゃぐちゃと淫らな音がする。混ざっているのはふたりの蜜で、これほどに執拗に拡げられたことがない悠珣は、皇帝のやりかたに戸惑うばかりだ。

「どうだ？　じっくりと……味わえただろう？」

「いや……、ふ、かく……っ……」

　皇帝が、ときおり掠めるところ。そこには男が感じる突起があって。さらに奥、最奥の手前にはそれよりも大きな快楽を生む場所がある。そこを突いてほしくて体は疼くのに、皇帝は蜜口を擦るばかりで——それはあまりにも、甘美な焦燥だったのだけれど。

「深く……もっと、あなた、を……」

ひゅっ、と息が洩れた。悠珣は強く目をつぶる。じっと、黒い瞳が見つめているのがわかる。それに肌を撫でられるようで、震える悠珣の秘所からは先端だけが挿り込んだ皇帝の欲望が抜けた。はっとする間もなく、ずくりと秘所が拡げられる。突き挿れられたのは嵩張った部分からさらに進んだ部分で、先端が挿り口の感じる部分を擦る。

「ああ……あ、あっ、……！」

待ち焦がれた快感に、悠珣は達した。びゅく、と吐き出された欲液は悠珣の顔にかかり、自らの蜜の味を知ることとなる。

「やぁ……っ、……ん、……っ……」

「ふふ……見目よい姿だな」

乱れた声で、皇帝がつぶやく。

「自分でも、甘いと思うのだろう？　美味だとは、思わないか？」

「美味……なんて……」

今までにもさんざん味わわされてきた味だ。甘いとは思っても美味だなどと思ったことはなかった。しかし皇帝にそう言われると、美味であるような気もする。

「私は、気に入ったぞ」

なおも、ゆっくりと中を抉りながら皇帝は言う。

「おまえの味も、その反応もな……。おまえを閉じ込めて、朝な夕なに、かわいがってやろう。愛でてやろう……」

「そ、んな……」

ぞくり、と悪寒が走る。この男は、本当にそうしかねないだろう。彼には、それだけの権力がある。しかしそれは甘美な怖気だった。とらえられて、閉じ込められて——彼だけのものになる。実際にそうしようと試みた輩《やから》もいたのに、そのとき感じたのは恐怖だけだった。それが皇帝の口から出ると、あまりにも甘い言葉となる。

「いやだと言うか？　しかし、おまえの言うことなど聞かない」

ずくずくと蜜口を、その奥を擦りながら彼は言う。

「私が、私のしたいようにする……おまえがかわいくて、仕方がないのだ」

「ああ、あ……ああ、あ！」

挿り口近くの凝《しこ》りを、何度も何度も擦られる。そのたびにぞくぞくと走る感覚は、覚えてはいけない快楽のようで、それでいてもっと味わっていたい。悠珣は腰を揺らし、彼を招き入れようとする。

「も、っと……、もっと……」

「ああ、そうしてやるとも」

執拗なほどに内壁を暴き立てながら、皇帝は言う。

「おまえが、気をやるまで……何度でも。我を忘れて失神するまで、どれほどにでもやってやろう……」

普段は慎み深い襞が、押し拡げられて敏感な部分を曝け出す。そこを繰り返し熱い肉塊で擦られては、皇帝が言うまでもなく悠珣はほどなくまた達するだろう。快楽はそれほどに大きく、悠珣はまともな言葉など紡ぐことはできず、ただ動物のような喘ぎ声を洩らすばかりだ。

「ここ……動いているぞ。感じているのだろう?」

「あ、あ……は、っ、……、っ、……」

もっと深くに誘い込もうと、腰が動く。しかし皇帝の大きな手ががっしりと悠珣の腰骨にかかっていて、自由に動かすことができない。ただ与えられる快楽に酔うこの時間はあまりにも苦しくて、甘美で、激しくて。悠珣は声を嗄らす。

「ふぁ、あ……ああ、あ……、あ……!」

ずくり、と欲芯が中ほどまで挿ってくる。震える襞がまた拡げられ、指では届かない部分を擦られた。悠珣の体は跳ねて、口は意味のない声を洩らし続ける。

「……ぃあ、あ……ああ、……も、う……、っ……」

「まだ、深くまで突いてやっていないだろうが……奥の、奥まで。おまえが気をやるまでと言っただろう……」

「ひぁ、あ……あ、あ、……、っ、……！」

これ以上の快楽は、と思うものの、体は貪欲に欲を求める。小刻みに下肢を震わせて、伝わってくる痺れに大きく体を引き攣《つ》らせた。

「だめ、……だ、め……、っ、……」

どくり、と下肢の奥が反応して、悠珣の欲望が弾ける。このたびは顔にかかりはしなかった。それほどの勢いはなく、腹にぱしゃりとかかっただけだった。

「ほぉ……、ますますすべりがよくなったな」

内壁を抉る男は、そう言った。

「中から溢れてくるのか？　おまえの体は、どこまで味わってもきりがないな……」

じゅくじゅくという音はさらに大きく、悠珣の喘ぎ声と絡む。そこに皇帝の荒い呼気が重なり、臥房《しんしつ》はあまりにも淫らな音に満たされる。

「どこまで私を翻弄《ほんろう》するのだ？　そろそろ……おまえの中を穢《けが》さねば、気が済まぬのだがな」

「あ、汚して……、っ、……」

咽喉を反らせて、悠珣は叫ぶ。

「どこ、までも……、ふ、か、く……、っ、……」

奥の、奥まで。もっとも感じるところまで。皇帝の欲芯がそこに微かに触れ、悠珣はびくんと下肢をわななかせ、また欲を爆《は》ぜさせた。

「ああ、あ……、っ、っ……っ……」

咽喉を嗄らす悠珣の奥を、皇帝が犯す。ぐちゅぐちゃと音を立てながら最奥まで突き、ふたりの下肢の茂みが触れ合った。

「っあ、あ……あ、あ、あ……、！」

ずくり、と擦られた場所。そこは癸種としてもっとも感じる場所であり、悠珣の意識を奪ってしまう奥めいた箇所だ。

「お、まえ……」

皇帝が、呻いた。

「私を翻弄して……どう、する……」

「やあ、っ、……、っ、……」

翻弄されているのは悠珣のほうだ。漂う香りをより濃く匂わせ、身をわななかせ声を震わせて皇帝にしがみつく。

目の前に掠めるのは、赤。初めて彼と会ってから消えなかった印象深い色――霞んだ視界に彼の髪を映し、悠珣は自然にひとつの言葉を綴《つづ》り出していた。

「よう……、げ、つ……、っ、……」

「悠珣」

互いの名を呼び合った――その刹那、ふたりは同時に絶頂を迎えた。悠珣は、わずかに自身から精液を放出した。その体を犯す燁月は、どくりと思いの丈を悠珣の中に放ち、その熱さに悠珣は呻いた。

(……ああ)

心の中で、悠珣は叫ぶ。

(燁月が、つがいならいいのに。このまま、孕んでしまえたらいいのに……!)

しかしそのようなことを口に出すことができるわけがなかった。同時にまともに言葉を継ぐことのできない悠珣はただ高い声をあげ続け、受け止めた淫液の熱さに啼いた。

燁月は、何度か腰を突きあげた。彼が低く呻き、繋がった部分から白濁が洩れ始めたのと一緒に最奥を突き、そしてそのまま悠珣の上に覆いかぶさった。

「は、ぁ……、っ、……」

「ん、……、っ、……、っ……」

ふたりの声が絡み合う。いつの間にか燁月は悠珣の手を握っていて、そこでも繋がっているという実感を得る。彼の体の重さ、厚み、そして熱さに悠珣は何度も息をつき、まばたきをすると生温かい涙が溢れ出た。

「思い出したな……」

燁月が、満足そうにそう言う。そう言われてみると、なぜ忘れていたのかのほうが不思議だ。あれほど印象的な男だったのに。悠珣の心を摑んで、離さない男だったのに。

（そうだ……、あれ。二郎真君さまの……）

彼の、冷たい唇を思い出した。燁月のことは二郎真君の接吻《せっぷん》にかき消されてしまい、その印象ばかりが強烈に残っていたのだ。悠珣を天界に連れていきたがる、二郎真君の仕業に違いない。

「なにを考えている」

燁月の大きな手が悠珣の頭を摑む。無理やり彼の方を向かされてくちづけをされて、今度は二郎真君のことが記憶から危うくなる。

「おまえは、私のことだけ考えていればいい」

熱い唇が、そう言った。

「おまえは……私の。私だけのものだ。どこにも行かせない、決して離さない……おまえはこの紅禁堂《こうきんどう》に住まわせる。私の許可なく出ることは、許さない」

「紅禁堂……？」

おぼつかない口で、悠珣はささやいた。

「私の私室だ。龍房の奥にある、私だけの場所だ」

「そ、んなこと……、ゆる、っされるの、ですか……」

悠珣など、なんの身分もない一介の星見だ。それが紅禁堂とやら、きっと余人の立ち入りは許されないのであろう場所に居を構えるなど。

「私が、そうと言うのだ。許すも許さないもない」

燁月の手が、悠珣の髪を撫でる。そうされると性感とは違う部分での快感が走り、悠珣は小さく身震いした。

「おまえの場所は、私の臥房だ。とらえたこの小兎を、昼も夜もそこから出られないようにしてやろう。おまえが、私だけを受け入れて生きていくように。私なしでは、生きていけないように……」

「もう、生きていけません……」

燁月の腕に縋りつき、彼の胸に顔を埋めて悠珣は言う。

「燁月さまなしでは……俺、は……」

「かわいいことを言う」

燁月の手が悠珣の前髪を掻《か》きあげ、額にくちづけをする。ふたり、下肢はまだ繋がったままで、ぴちゃぴちゃとあがる粘着質の音の中、ちゅっと触れるだけのくちづけはまるで児戯のようで、悠珣は小さく笑った。

「なにを笑っている」

「……え」

「おまけに、泣いている。泣きながら笑うなんて、器用なやつだ」

「だって……燁月に会えたのが、嬉しくって」

ひくり、としゃくりながら悠珣は言う。

「燁月が……俺を、愛してくれて。こんなふうに……」

ふたりの繋がったところにそろそろと指を触れさせ、燁月もひくりと咽喉を鳴らすのを嬉しく思う。じわり、と温かいものが胸に広がっていくような気がする。悠珣は、もうひとつの手を胸に置いた。

「俺の、体……いやがらないで、抱いてくれるなんて、思わなかった」

「おまえを前に、我慢できると思っているのか？」

「……あ」

燁月は体を伏せて悠珣にくちづけし、最初は重なるだけだった唇はゆっくりと深くなる。互いに濡れた部分を触れ合わせながら舌を差し出し、先端で互いのそれをもてあそぶように絡めあわせる。

「悠珣」

声が聞こえた。燁月の声ではない。悠珣は、はっと顔をあげる。

「……二郎真君さま」

「とうとう、つがいに会ってしまったようだな」

「つがい？」

燁月が、訝しげにそう言った。悠珣は彼を見る。燁月には二郎真君は見えているのだろうか。燁月は眉根を寄せて空《くう》を見ており、そこには脚を組んだ二郎真君が浮いているのだけれど。

「なんだ、それは」

「おや、皇帝陛下は、甲種や癸種のことも知らないと？」

「聞いたことはある……が、私たちのことと、それがなんの関係が？」

「おまえたちは、つがいだ、と言っているのだよ」

ふわふわと宙に浮いたまま、二郎真君はにやにやとふたり見ている。

「つがい？　動物か、私たちは」

いささか機嫌を悪くしたらしい燁月は、二郎真君にそんな言葉を投げた。くくく、と二郎真君は声を潜めて笑う。

「人間とて、動物だ。睦《むつ》み合って子を作るだろうが。それが、動物とどう違う？」

「しかし、私たちは男同士だ。子などできん」

くくく、と二郎真君はもう一度嘲笑《あざわら》うように声をあげた。

「おまえは、皇帝などという地位にいながら、そのようなことも知らぬのだな」

「二郎真君さま……！」

悠珣は体を起こし、すると繋がった部分が軋《きし》みをあげて声を立て、燁月はそんな悠珣を抱きしめた。

「おまえは、知っているのか？　あの男の言うことを」

「すべてを知っているわけではありません。ただ……俺が、癸種なので」

「甲種、乙種、癸種くらいのことは知っている」

自分が甲種であるとは気づいていないらしい男は、言った。

「世の人間はほとんどが乙種で、甲種と癸種は稀だということもな」

胸を張るように、燁月は言った。そんな姿に、二郎真君はまたくすくすと笑う。

「では、それらの種がある理由は？　なぜ、同じ人間が三種にわかたれている？」

燁月は、言葉に詰まる。悠珣を見て、しかし悠珣も首を横に振るしかなかった。

「俺は……癸種で。十三歳のころ、発情期が始まって……発情期は、三ヶ月に一回来るんです。そのときには……なにがなんだかわからなくて、……だ、いてもらわないと治まらなくて……その間、俺は甘い匂いを放ってるらしいです。男は、絶対それに逆らえないんだって……」

自分の恥を口にするのは恥ずかしかったけれど、口をつぐんでいては話は進まない。悠珣は、切れ切れの声でそう説明した。

「今は、発情期か？」

くん、と鼻を鳴らしながら燁月は言う。

「甘い匂いは、相変わらずだ。香木でも焚きしめているのかと思ったが……おまえの体の中から香るようだな」

「そのとおり」

二郎真君は、冷やかすような口調で言った。燁月は、きっと二郎真君を睨みつける。

「癸種は、甲種を引き寄せるために甘い香りを発する……しかしつがいが現れれば、その香りはそのつがいにしか感じられないものになる」

「おまえは……感じるのか？」

燁月の問いに、二郎真君はくくと笑った。

「おまえ、私を見て人間だとでも思うのか？」

なにしろ、宙に浮いているのだ。さすがの燁月も二郎真君を人間だと思うことはないらしく、眉間《みけん》の皺をきつくする。

「私は、悠珣の匂いを感じ取れる……この、どこまでも甘い心地いい香りをな」

くん、とその香りをかぐように、二郎真君は鼻を鳴らす。

「しかし、どの癸種もここまでのかぐわしい香りを発しはしない。癸種の中の、癸種だ。悠珣は」

「嬉しくない……」

そのせいでこれまで、さんざんひどい目に遭ったのだ。悠珣は、涙の張った目できっと二郎真君を見やった。まだ燁月と抱き合い繫がっているけれど、男と交わっている姿は二郎真君に何度も見られているのだ。同時に燁月が、さすがというかの貫禄《かんろく》で悠珣を抱きしめていてくれるから、今までのような恥ずかしさはない。

「ゆえに、悠珣を天界へと何度も誘うておるのだがな。こやつ、人間界でひどい目に遭っているくせに、首を縦に振ろうとはしない」

「俺は……」

　ぎゅっと燁月に抱きつきながら、悠珣は言った。

「陛下に出会うために、現世にいたんです。俺は……忘れてたけれど、燁月とはずっと昔に会っていた。俺の記憶を奪ったのは、二郎真君さまでしょう？　どうして、あんなことをなさったんですか！」

「おまえを、天界に連れていきたいからに決まっているではないか」

　なんでもないことのように、二郎真君は言った。

「おまえの甘い香りに包まれて、永遠を過ごしたいものよ……燁月とやら、悠珣を譲る気はないか？」

「そんなもの、あるわけがなかろう」

　金狼族の特徴である頭の耳を震わせ、吠《ほ》えるように燁月は言った。その腕にぎゅっと抱きしめられて、悠珣はふるりと身を震わせる。

「まぁ、悠珣なら優秀な甲種を産むだろうな……この罧国を大きく変えるような、おまえより優秀な甲種をな……」

「俺は、甲種なのか？　それに、子を産むとは……？」

　燁月は、ふたりの繫がった部分を見る。そこにはすでに萎《な》えてはいるが、悠珣の男の徴《しるし》がある。

「悠珣は、子を産めるのか？」

「つがいとの間ではな」

「私は、悠珣のつがいなんだな？」

「残念ながらな」

燁月が、すっと表情を変えるのがわかった。彼の、喜色満面といった表情を見たのはこれが初めてだ。ぎゅっと抱きしめられて息が苦しい。繋がった部分が角度を変える。

「ひぁ……、ああ、あ……、っ……」

「ほら、そんな甘い声を出すかわいらしい子を、自分だけのものにする気か？　吝《しわ》いのぅ」

「なんと言われても、私は悠珣を放さない……悠珣が私の子を孕めるというのなら、なおのことだ！」

燁月が叫ぶ。悠珣は彼の腕の中でぶるりと震える。彼の子を孕む――癸種とはそういうものだと聞かされてきたけれど、実際につがいに出会ったのだという感動が、悠珣をたまらなくさせていた。力を込めて、燁月に抱きつく。

「ただ」

と、二郎真君は言った。

「ただ、出会っただけではつがいにはなれない。子を孕めるつがいになるには、儀式が必要だよ」

「なんですか、それは!?」

悠珣は、思わず身を乗り出した。しかし二郎真君は、にやにやと笑って脚をほどき、とんと足で床に立った。

「教えてやると思うか?」

二郎真君は、ふたりのもとに歩み寄る。悠珣の顎を摑むと、引き寄せてくちづけをしてきた。

「ん、……っ、ん、んっ!」

くちづけはいきなり、素早く悠珣の唇を奪っていった。くすくすと笑いながらの二郎真君が消えていく。足の先から、まるで彼が砂糖細工で溶けていってしまうかのようにはらはらと、やがて髪の一筋さえも残さずに、消えた。

「二郎真君さま……」

「なんだ、あれは……」

悠珣を抱きしめたまま、燁月が問う。悠珣は燁月を見つめた。

「俺が幼いころから、ときどきやってきて……なにかと俺を守ってくれた、神です」

「神だと？　ずいぶんと、遠慮のない神もいたものだ」

不機嫌を隠さずに、煒月は言う。

「人の閨《ねや》に入り込んでくるとは。これからは、油断がならんな」

「これから？」

首を傾げて問う悠珣を、煒月は抱きしめる。

「ああ。どういう理屈かは知らんが、おまえは男でありながら私の子を孕めるのだろう？　ならば、子を孕むまでに励むだけだ」

「な、っ、……、煒月、さまっ！」

「なんだ？　おまえは、私との子がほしくないのか？」

「そういうわけでは……、っ、……」

煒月の体がのしかかる。接合部分がねじれ、悠珣は悲鳴をあげた。

「あ、あ……っ、……、っ、……」

繋がり合ったところが、うごめき始める。悠珣の秘所は新たに刺激され、快感を求めて震えあがった。

「だ、め……もう、……、煒月さ、ま……、っ……」

「お、『陛下』ではなくなったな」

愉しげに、燁月は言う
「そうだ、燁月だ。おまえがなかなか思い出さなかった名だ」

「もう、……し、わ……け……っ……」

「おまえの体は、まだまだいけそうだぞ？　おまえが子を孕むまで、こうやって抱いていてやる……」

「そ、ん……な、ぁ……、っ、……」

ふたりは、再び臥台の中に沈んでいく。悠珣の喘ぐ声と、燁月の低い声。臥台の軋む音とが混ざり合って、龍房は淫靡な音に包まれていた。

第三章　交歓の日々

ん、っ、と艶《つや》めいた吐息が聞こえる。

季節は春、花びらが柔らかく温かく舞う院子《にわ》の中、白塗りの倚子《いす》が置かれている。座っているのは燁月《ようげつ》だ。彼の褲子《こず》は腿《もも》までずり下げられており、男の象徴が隆々と上を向いている。

「んく……、っ、……、っ、……」

膝立《ひざだ》ちになって、それに食いつくように口を寄せているのは悠珣《ゆうしゅん》だ。そそり勃《た》つ燁月自身に舌を這《は》わせ、何度も上下に往復する。先端から湧《わ》き出す淫液を吸いあげ、じゅくりと淫《みだ》らな音をあげる。根もとに舌を這わせてぺろぺろと舐《な》め、浮きあがる血管を辿《たど》って舐めあげ、時間をかけてそれを味わう。

彼が感じるたびに、尾がぴくぴくと動いた。その反応に彼の悦《よ》いところを探し、その部分を執拗《しつよう》に刺激する。

「おまえのものは甘いが……私のものは、どうだ」

倚子に腰を下ろしている燁月が言う。

「美味《おい》しい、です……」

垂れ流れてきた白濁を舐めあげながら、舌足らずに悠珣は答えた。

「甘くはない、ですけど……燁月さまの味が、する」

「なんだ、それは」

言葉とともに手が伸びてきて、悠珣の髪を摑《つか》む。はっ、と息を呑《の》む間もなく、口に先端を突き立てられて嘔吐《えず》く。それが心地よくて、ぜぃぜぃと咽喉《のど》を鳴らしながら、口腔《こうこう》全体で彼を愛撫《あいぶ》する。

どくん、と彼がひとまわり大きくなった。悠珣の愛撫に応《こた》えてくれているのだということが嬉《うれ》しくて、ますます舌を使う。先端の鈴口に舌先を差し入れ、中までを舐めるように舌を動かした。

「ゆう……、っ、しゅ……っ……」

頭上の、燁月の声が掠《かす》れた。彼の絶頂はもうすぐだ。このまま彼を追い立てたくて、口腔の中に放ってほしくて悠珣は舌と唇を使った。ぴちゃぴちゃと音を立て、先端に唇をつけて吸い、少しずつ溢《あふ》れる粘液を吸う。

「……達《い》くぞ。そ、……な、したら」

「達って……」

掠れてはっきりしない声で、悠珣は答えた。

「……っ、……あ、あ……、っ……」

自分の口淫で、燁月が達く。それを考えるとぞくぞくした。背を大きく震い、自分でも喘《あえ》ぎながらますます彼を追いつめる。

「なんだ、私をくわえて……悦《よろこ》んでいるのか？　そんな、声まで出して」

同時に袍《ほう》越しの背を撫《な》でられて、髪を摑まれる。ぐっと引かれるその感覚までもが心地よくて、悠珣は懸命に舌を使った。舐めあげ、吸い、ときおり歯を立てて。

そうやって愛撫するごとに、燁月は大きく育っていく。口の中に入りきらない、とぼんやり考えたところ、強く髪を引っ張られた。

「悠珣……、っ……」

「あ、……、っ、……」

中ほどまで呑み込んだ彼の欲芯《よくしん》が、どくりと跳ねる。同時に熱い粘液が放たれ、悠珣はそれを懸命に呑み込んだ。しかし量は多く、すべてを呑み込むことはできない。悠珣の唇の端からは白濁がしたたり落ちる。

それを拭《ぬぐ》うこともせずに悠珣は顔をあげ、燁月と目を合わせながらごくりと淫液を呑み込む。燁月の耳が、赤く染まっている。その艶めかしさに、また固唾《かたず》を呑んだ。

「行儀の悪いやつめ」

燁月は、悠珣の首の後ろに手をやってぐいと引きあげる。あ、と悠珣が声をあげる前に、垂れ流れた淫液を舐める。

「自分のものは、美味《うま》くはないな」

「いえ……、充分、美味しいです……」

ふっ、と燁月は妖《あや》しく笑う。

「なんだ、世辞を言って私が悦ぶとでも？」

「お世辞……では、ありません……」

燁月の強い腕が、悠珣を抱きあげる。てっきり胸を合わせて抱きしめられるのだと思ったのに、燁月は悠珣を、後ろ向きに座らせた。

「な、っ、……、や、っ、……」

「腰をあげろ、悠珣」

荒い声で、燁月が言う。悠珣がそっと、強く抱えられた腰をあげると、しゅるりと音がして褲子がほどかれた。燁月は器用に褲子を引き剝《は》がし、ふたりの足もとに落としてしまう。

「や、ぁ……、っ、……、っ、……」

「見目よい恰好《かっこう》だ……悠珣」

剝《む》き出しにされた両脚の間。秘奥はすでに濡《ぬ》れている。そこから漂う香りを、熚月に気づかれていないわけがないだろう。悠珣が、なにを求めているかをも。

「ほら、脚を開け……おまえのかわいらしいものが、私にも見えるようにな」

「あ、あ……、っ、……」

長袍の裾《すそ》は脇《わき》に寄せられ、勃起《ぼっき》した悠珣の欲望が晒《さら》される。それに手をやり上下に扱《しご》きながら、熚月は放ったばかりの自身を悠珣の後孔に押し当てる。

「やっ、……、っ、……」

「挿《い》れられるのは、いやか？」

「じゃ、な……、いやじゃ、な……、っ、……」

悠珣は、ふるふると首を振る。触れられずとも、今までの行為ですっかり濡れそぼっている秘所は易々《やすやす》と、太く熱いものを呑み込んでいく。

「いぁ、あ……ああ、あ……、っ、……」

ずく、ずく、と内壁を擦《こす》りあげられる。襞《ひだ》を伸ばされ敏感な神経を刺激される心地があまりにも悦くて、悠珣は涙をこぼす。

「なぜ、泣く……」

悠珣を突きあげながら、熚月は悠珣の頬《ほお》に歯を立てた。

「ひぁ……」

「おまえは、こういうところも感じるのだな」

歯の痕《あと》を舐められ、涙を吸われる。その間にも下肢は、襞を拡《ひろ》げて熱杭《ねっくい》を少しずつ呑み込んでいる。

「言え。なぜ泣く……?」

「こ、んな……、……っ、……」

息も絶え絶えに、しかし悠珣は言葉を継ごうとした。

「ふうに、求められて……抱いて、いただけるなんて……、ゆ、め……」

「夢ではない」

ずくん、と突きあげながら熚月は言う。

「私が、おまえを欲して、抱いているのだ……夢などにさせるものか」

「で、も……!」

「ああ、わかっている」

たらたらと甘い蜜《みつ》をこぼす陰茎を手に、後孔をゆるゆると突きながら涙を舐め、全身で彼の甘さを味わいながら燁月は笑った。

「もう、私以外の男がおまえを抱くことはない。おまえは、私の……私だけのものだ……」

「ああ、あ……、っ、……！」

燁月の言葉とともに、悠珣は欲を放った。白濁は弧を描いて燁月の褲子の上に垂れ落ち、汚した。

「お召し、もの……を……」

「構わぬ。それよりも、もっとおまえを味わわせてくれ……」

「ひぅ、……、ん、……、んっ……」

じゅくり、じゅくり、と後孔が犯されていく。絡む蜜は、早くというように燁月をせっつき、それは悠珣の声も同じだった。

「はぁ、あ……ああ、あ……、っ、……、っ……」

――粘りついてくる声は、燁月をぞくぞくとさせる。それをわかっているのかいないのか、さらに悠珣は懸命に首を捻《ひね》って燁月の唇を求めている。口を淫液で汚したままの唇を求められて、燁月はぞくりと身を震った。それが繋《つな》がった場所に響き、悠珣はさらに艶《なま》めかしい声を洩《も》らした。

「く、……っ、……、っ……う……」

「声を、堪《こら》えるな」

悠珣の頬を舐めあげながら、燁月は言う。

「おまえの、色めいた声が聞きたいのだ……もっと、声を出せ。喘げ……咽喉が嗄《か》れるまで、な」

「で、も……、っ、……、っ、……」

なにかに戸惑《とまど》っているような悠珣に、燁月は視線を下にやる。倚子にかけたふたりの足もと、ひざまずいているふたつの背中がある。

「なに用ぞ」

不機嫌に、燁月は言った。ふたつの背は、ぶるりと震えた。

「怖がらせないで……やって、ください……」

掠れた、それでいてどこか恥じらいを含んだ声音で悠珣が言う。

「俺の……、弟たち……ですっ……」

「ああ」

そういえば、そのような者たちがいたか。燁月は、顔をあげるように命じた。

「そのほう、名はなんと言ったか？」

「紅華《こうか》です」

「林杏《りんあん》……で、す……」

燁月は、目をすがめる。この腕の中にある悠珣のあられもない姿、それに彼らは見とれている。皐《こう》族の村にいたときから、血はつながらずとも兄弟として育ったと聞いたことも思い出した。

（皐族の村では、悠珣は発情期のたびに、男たちに犯されていたという）

それを思うと悠珣の体に触れた者にはすべて打ち首を、と思うものの、それでは皐族の村は滅びてしまうだろう。それほど皐族の村は小さく、しかしいい星見が出る。

（悠珣が癸種《きしゅ》で、星見だというのは……無関係ではあるまい）

「ああっ、燁月さま……、お慈悲、を……っ……」

「なんだ？」

悠珣はぎゅっと目を閉じている。弟たちにこのような姿を見られたくないのだろう。紅華とやらたちが悠珣の身のうえを知らなかったとは思えないし、見たことがないとも思えないのに。

「燁月……さ、ま……」

　ふと、燁月の脳裏にひらめいたことがあった。燁月が小さく笑うと、悠珣が訝《いぶか》しげに眉《まゆ》をひそめたものの彼に喘ぎ以外の声をあげさせないように、燁月は何度か腰を突きあげる。そして悠珣の嬌声《きょうせい》が響く中、ささやいた。

「つま先だけなら、許してやってもいいぞ？」

「……は？」

　間の抜けた声をあげたのは、林杏のほうだ。紅華のほうはその意味がわかったらしく、目を見開いて燁月を、そして悠珣を見ている。

「おまえたちが、悠珣を乞《こ》うていることは明らか」

　そう言われて、かっと頰を染めたのも紅華だった。林杏も、遅れて真っ赤な顔をする。

「だから、悠珣が信を置いているおまえたちに、特別の情を与えてやろうというのだ。……それとも、いらぬか？」

「へ、いか……、っ……」

　掠れた紅華の声など聞こえなかったふりで、燁月はずくりと奥まで悠珣を犯す。いきなり現れた弟たちに戸惑っていたらしい悠珣は、たちまち快楽の泉の中に取り込まれてしまったようで、燁月の腕の中に身をすり寄せ、褲子を穿《は》いていない脚を大きく開いて、何度目かになる射精を見せつけた。

「さぁ、私がこのような気になるのは、もう最後かもしれないぞ？」

ふたりの目の前には、引き攣《つ》って突っ張った悠珣のつま先が躍っている。まだ十六だとか言っていたけれど、彼らが悠珣を欲の目で見てきたことは確かだ。そのつがいが皇帝だから、諦《あきら》めたのだろう。そう思うとますます愉快になって、燁月は少年たちを煽《あお》った。

「悠珣の肌が甘いのは、おまえたちも知っているだろう？　つま先までそうなのか……試してみたくはないか？」

「やぁ、あ……燁月さ、ま……、っ、……！」

悠珣には、燁月の声が聞こえているのだろうか。燁月の腕の中でしきりに喘ぎ、身をくねらす彼は温かい蜜をおびただしく垂れ流していて、それは燁月の褲子を汚していく。

「あ、……、あ、……、っ、……」

甲高い悠珣の声は、妙《たえ》なる音楽のようだ。それを耳にして、彼を抱いている燁月さえもかっと情欲が高まるのを感じたのだ。聞いている少年たちに、それが伝わっていないはずがない。

「悠珣……」

紅華が、呻《うめ》くようにつぶやいた。彼は手を伸ばし、悠珣の右足を取る。そして、そのつま先にそっと舌を這わせたのだ。

「ああ、あ……あ、あ……！」

それだけの刺激で、悠珣は反応した。きゅっと後孔を締められ、燁月はにやりと笑う。そのまま彼を突きあげ、その耳にささやいた。

「わかっているか？ 今、おまえの足にくちづけたのは、おまえの弟だ……」

「やっ、……なに、を……、っ……」

「この恰好では、わたしの唇はおまえの足には届かないだろう？ おまえに恋い焦がれてきた弟が、想いを遂げたのだよ」

もちろん、つま先以上を許すつもりはない。燁月は悠珣をさらに深く抱き、その体の熱が高まっていることを知る。

「それで、感じるか？ ああ……おまえは、たくさんの男に抱かれねばもの足りないのだったか？ 私ひとりでは、不満だろうな……？」

「燁月さま……ぁ、……ん、な……こ、と……」

悠珣の頰に、涙がこぼれる。燁月はくすくすと笑いながらそれを舐め取り、唇に音を立ててくちづけをする。

「わかっている。私の……私だけのものになることができて、嬉しいのだな？」

「あ、あ……、っ、……ん、……っ、……」

より、甘い香りが漂う。悠珣の内壁はねじれてうねり、不規則な刺激を与えてくる。絶頂が近い。燁月は悠珣の体を抱え直すと、下からの突きあげを激しくする。ぬちゃぬちゃという淫らな音に、悠珣の喘ぎ声が混ざる。

「……達くぞ」

悠珣の耳朶《じだ》を咬《か》みながらそう言うと、彼は嬌声で返事をした。ずん、と奥を貫き、最奥の一番感じる部分を突いてやる。悠珣は小刻みに震え、想いの丈を吐き出した。

「は、っ、……」

「あ、ああ、……あ、あ……、っ、……!」

ぞくぞくっといくつも身震いをして、悠珣は糸が切れたように、燁月の腕の中に沈み込んだ。緩く勃っている彼の欲望からはたらたらと甘い蜜が洩れこぼれていて、それがぽたぽたと地面に落ちる。

「悠珣」

燁月は、ちょんと悠珣の頬をつついた。

「しっかりいたせ。気は、戻ってきたか？」

「あ、ああ……、っ、……」

返事はするものの、目の焦点は合っていない。呼びかけても生返事をするだけで、切れ目のない喘ぎ声を洩らし続けている。

「おまえたちの兄は、すっかり気をやってしまったようだな」

わざとらしく、呆《あき》れた様子で燁月は言った。もちろん、呆れてなどいない。これほど愛《いと》おしい者に呆れる気など起こらない。その彼が極上の体を持っていて、気を失いかけている今でも組み敷いてまた情交を続けたいと願うのに。

「して、なに用ぞ」

燁月は、もう一度尋ねた。紅華と林杏は、はっとしたように顔を伏せた。額を地面に擦りつけて、低い声で告げる。

「陛下におかれましては、我が兄をことのほかご寵愛《ちょうあい》のこと……それはありがたいことでございますが、朝議を欠席なさるのはいかがなものかと」

「誰《だれ》だ、そのようなことを言うのは」

紅華が、何人かの大臣の名を挙げた。燁月は、嘲笑《あざわら》った。

「すべて、後宮に妃を送り込んできた者たちではないか。朝議のことよりも、自分の娘たちのもとへ通えと、直接言えばいいものを」

「それでも、朝議にお出にならないのは職務を正当にしていないことだと、俺たちにもわかります」

「ああ、わかったわかった」

悠珣の中から自身を引き抜く。燁月の精液と、悠珣の蜜液が混ざって垂れ落ちていった。

悠珣は燁月に姫抱きにされ、それでもちゃんと意識が戻ってきていないようだ。

「それよりも、わからぬのか」

「……いまだ。力不足にて」

戸惑った調子で言ったのは、林杏だった。紅華も同じような表情をしているものの、その頬が赤くなったままうつむいているのは、燁月が抱きあげている悠珣を見ないようにしているからだろう。

「つがいが、正式なつがいとなる方法がわかれば、後宮などすぐにでも潰《つぶ》してやるものを」

しかし、と林杏が声をあげた。そう、悠珣と一緒にやってきた繻蘭《しゅらん》も、燁月の後宮に入るために王都までやってきたのだ。顔見知り程度の関係だとはいえ、彼女をがっかりさせるのは申し訳ない気がした。

「後宮には後宮で、生活している者が……」

そう言った林杏は、燁月に睨《にら》みつけられて小さく縮み込んだ。

「そのようなこと、余が考えていないとでも思っているのか」

そう言って、悠珣を抱いたまま燁月は院子を去る。その場には紅華と林杏が残され、ふたりは苦い顔をして視線を合わせた。

□

体が、ずっと発熱しているように感じる。

安らぐのは、燁月のそばにいるときだけ。しかし体の熱は燁月の吐息を、熱を、声を感じただけで発情したようになってしまう。つがいがともにいると発情が治まらず、常に発情期のようになってしまうのだろうか。

「燁月さま……」

卓子について筆を動かしている燁月の足もとに寄りかかっている悠珣は、はっと熱い息をついた。左胸に手を当てると、心の臓がどくどくと脈打っている。腹の奥が熱く疼《うず》いて、思わず腰を捩《よじ》ってしまう。

「こら、ごそごそするな」

目の前には、燁月の脚がある。黒の褲子、黒地に竹の模様を描いた沓靴《くつ》。悠珣は、それをぼんやりと見つめている。気づけば悠珣の手はその沓靴に伸びていて、そっと脱がせていた。

「悠珣」

現れた足に、くちづける。最初は唇を押しつけるだけ。ちゅ、ちゅ、と音を立てながら接吻《せっぷん》し、次第に悠珣の行動は大胆になった。熚月の足の指を口に含んで、しゃぶる。小指、薬指、と一本ずつ丁寧に舐め、親指に至るころには大胆に、ぺちゃぺちゃと音を立てて舐めあげていた。

「待っていろと言っただろう……我慢の効かないやつだ」

「だぁ、っ……てぇ……」

はっ、と熱い息を悠珣は吐いた。熚月を、潤んだ瞳《ひとみ》で見あげる。目が合った熚月は、ぐっと息を呑んだ。筆を置き、悠珣の口から指を遠のけて倚子から降り、彼の目の前にひざまずいた。

「いたずら者め。仕置きをしてほしいのか?」

「仕置き……?」

その言葉が、ぞくりと身に沁《し》みた。腹の奥の熱が炎をあげる。悠珣は熚月に縋《すが》りついて、唇を求めた。熚月は応じてくちづけてきて、ふたりの唇が深く重なる。ちゅく、ちゅく、と互いの濡れた部分が触れて吸い合う音が房に響く。

「ん……、っ、……ん、っ……」

悠珣は燁月の黒の袍に縋りつき、もっとと唇を求めて舌を差し出す。燁月の舌がそれをからめとり、濡れた音を立てて表面を擦り合い奥を辿っては軽く咬まれ、悠珣はひっと感じる声をあげた。

「まったく、おまえは……」

悠珣の肩を抱きながら、燁月は熱い息を吐いた。

「執務中だぞ？　おまえは、この国を傾ける気か？」

「け、ど……だ、ぁ……、っ、……っ……て……」

さらに悠珣は燁月に縋りつき、唇を求める。舌を求める。悠珣はきれいに揃《そろ》った燁月の歯列を舐め、その感触にぞくぞくしながらなおも舌を使って歯をくすぐる。

「おまえの匂《にお》い……ますます、濃くなっているな」

悠珣の背に腕をまわし、燁月は彼をぐいと抱きあげた。あ、と思う間もなく悠珣は抱きあげられていて、燁月は大きな足取りで房の奥へと歩いていく。

「発情が治まらないのか？　私に、抱いてほしいと？」

「あ、……だい、て……、っ、……」

おぼつかない口調でそうつぶやいた悠珣は、臥台《しんだい》の上に横たわらされる。燁月の体温が離れるのがせつなくて手を伸ばすと、大きな手にぐいと掴まれる。

「急《せ》くな……おまえの欲しいものを、やるから」

燁月は、自らの腰帯をほどく。しゅるり、という音が悠珣を興奮させた。彼は袍を肩からすべり落とし、内袍を脱ぎ、すると逞《たくま》しい体が現れる。それを目にした悠珣は、ごくりと息を呑んだ。

「そんな、もの欲しそうな目をして……」

目をすがめた燁月も、興奮を隠しきれないようだ。上半身裸の恰好で臥台に乗ってきて、悠珣の微《かす》かに喘ぐ唇にくちづけをした。

「私を堕落させる気か？　傾国とは、おまえのような者を言うのだろうな」

「や、っ、……、っ、……」

燁月は、褲子の留め紐《ひも》をほどく。現れたのは、すでに勃ちあがり血管を浮きあがらせた彼自身だ。

「舐めたいのは、こちらだろう？　指などではなく」

「あ、……、っ……」

悠珣は上半身を起こし、手を伸ばす。しかし燁月の欲望には届かず、燁月はにやりと笑った。

「私だけは、ずるいな」

彼の手は、悠珣の腰にかかる。やはり腰帯を解かれ褲子の紐をほどかれて引き抜かれ、下半身を剝き出しにされる。悠珣の欲望も精いっぱいに勃起していて、先端から蜜をこぼしていた。

「美味そうだ」

燁月は舌なめずりをする。彼は悠珣を抱き起こし、触れられる満足に悠珣が息をついたのと、四つん這いにされて臥台の上に突っ伏すのは同時だった。

「や、っ……、な、か、っこ……」

「色っぽいな。そんなおまえを、ずっと見ているのもいいが……」

燁月は臥台に仰向けになり、悠珣に自分の体を跨《また》がせる。目の前には勃ちあがった燁月自身があって、悠珣は舌を伸ばす。先端をぺろりと舐めあげ、伝わってくる苦い蜜に身震いする。もっと、とねだって吸いつき、ちゅくちゅくと吸いあげると淫液は量を増して口腔に広がる。彼の立派な尾が、はたはたと跳ねた。

「欲しがりが」

嘲《あざけ》る言葉も、気にならない。むしろそれは愛撫と化して、悠珣の体の奥の炎を煽った。

「ん、……、っ、……、っ、……」

先端を吸いあげ、舌を出しては鈴口をくすぐる。溢れる淫液を塗り込めるように舌を使って、ちゅっと吸いあげると舌を大きく使って舐めた。

「く、……ん、っ、……」

口を開けて、嵩張《かさば》った部分までを含む。きゅっと吸いあげると口の中に熱が広がる。それを音を立てて吸いあげながら、片手を幹に添えた。血管の浮いた、赤黒いそれを上下に擦る。すると欲望はどくりと大きくなって、軽く嘔吐いた。

「そのまま……やめるなよ」

はっ、と淫らな呼気を吐きながら燁月は言う。しかし燁月の欲望を愛撫することに夢中になっていた悠珣の耳には、その意味はうまく伝わらなかった。

「ああ、……っ、……!」

いきなり、下肢を貫いた衝撃に悠珣は声をあげる。自分の体の熱が、一気にあがった。どくりと自身が跳ねて、蜜が垂れ流れたのを感じる。それを音を立てて啜《すす》られて、悠珣は何度も腰を跳ねさせた。

「爪《つめ》を立てるな……？」

その声に、摑んだ燁月の欲望もさらに熱くなっていることに気づく。

「も、……う、し、わ……け……」

摑んだままの幹に、ぺろぺろと舌を這わせた。するとまた溢れる淫液が流れ、それを啜りあげる。

「あ……、ん、……っ、っ……」

同時に燁月も、悠珣の欲望に舌を這わせる。ぴちゃ、くちゃ、と響く音も刺激になって、悠珣は腰を振り立てながら声をあげ、懸命に口にした燁月自身に食らいつく。

「っあ、……ん、ん、……っ、……！」

しかし燁月は巧みだった。知らなかったわけではないのだけれど――悠珣の欲望を口にしたまま腰を撫であげ臀《しり》の形を辿り、何度も何度も手を這わせる。焦《じ》らしているような淡い刺激に悠珣はもどかしく下肢を揺らめかせるものの、そんな悠珣を愉《たの》しむように燁月は白い肌を愛撫し、舌先で自身をもてあそんでは悠珣を翻弄《ほんろう》する。

「足りないぞ、悠珣」

ぐっと、口腔に燁月自身が突き込まれる。それにまた嘔吐き、ふるふると身を震わせる感覚も心地よかった。悠珣は自ら彼を深く呑み込み、咽喉奥までを使って刺激する。

「もっと、だ……もっと……おまえの口で、達かせろ」

悠珣を追い立てるように、燁月は軽く臀を叩《たた》く。じん、と伝わってくる感覚は痛みよりも心地よさを生んで、悠珣は甲高い声をあげた。

「ふふ……、大きくなったぞ」

きゅっと悠珣自身を摑み、上下に扱きながら燁月は愉しげに言う。

「痛いのが、いいか？　もっとしてやろうか？」

「や、だ……ああ、……ん、っ、や、ぁ……」

「しかし、おまえのここは反応しているではないか」

洩れこぼれる蜜を、燁月の親指が先端に塗りつける。敏感な部分を刺激されて悠珣は呻き、指を這わせる燁月自身をぎゅっと摑んだ。それを諫《いさ》めるようにくわえられて、吸いあげられる。きゅっと力を込められて、下腹部が甘く疼いた。

「や、ぁ……、も、う……、っ……」

「ああ」

どく、どく、と胸が鳴る。呼吸は乱れ、咽喉はくわえ込んだ欲望で塞《ふさ》がれているせいでうまく息ができない。それでも離したくないと悠珣は、ますます燁月への愛撫を続けた。

「おまえの、甘い蜜が垂れてくる……いくら啜ってもきりがないな」

「んぁ……、っ、……、っ……！」

燁月の舌が、悠珣自身を舐めまわす。飴《あめ》でも舐めるようにしゃぶられて、ひくひくと腰がうごめく。動物のような喘ぎ声をあげながら悠珣は下肢を振り、きゅううと強く吸われて自分自身を弾《はじ》けさせてしまう。

「っあ、あ……ああ、あ、あ……!」

あられもない声が洩れる。目の前が真っ白になって、全身を走る痺《しび》れに耐えられない。

悠珣は何度も身を震い、その快感の去りゆかないままに新たな刺激を与えられて瞠目《どうもく》する。

「や、……、っ、だ、め……、そ、こ……」

「嘘《うそ》をつけ……こんなに、蜜を流しておいて」

燁月の指が探ったのは、悠珣の後孔だ。つぷり、とそっと指先を差し入れられる。それだけで感じる神経に直接触れられたかのような衝撃が走り、悠珣は咽喉を嗄らした。

「声をあげるな、悠珣」

後孔の襞を押し拡げながら、燁月はささやく。

「私が、昼間からおまえと戯れていることが……知られるだろうが」

この龍房《りゅうぼう》の者すべてが知っているだろうに、燁月はそのようなことを言って悠珣を羞《しゅう》恥《ち》に陥れた。まるで、皆が自分たちを見ているような気にさせられる。男に攻め立てられて喘ぎ、あられもない姿を晒しているところを見られている。

――悠珣の体はさらに熱をあげ、燁月が舐めあげる自身からはまたしたたりがこぼれた。

「きりがないな」

じゅく、と音を立てて悠珣を吸い立てながら燁月は言った。

「どこまでも、甘い蜜を垂らす……香りも、より濃くなってきた」

「や、ぁ……、っ、ん、……」

自分の状態を知らしめられて、羞恥はさらに増した。しかし悠珣の体は先を求めている。後孔に突き込まれた指はくちゅくちゅと動いて襞をくすぐるものの、もどかしいほどに小刻みな動きしか与えてくれない。欲芯をくわえられて舐めあげられ、しかし同じくらいの刺激が後ろにもほしい——。

「ああ、燁月、さ、ま……、っ……」

彼をくわえる口をほどいて、悠珣は声をあげる。

「もっと、……も、っと……、っ……」

「なにを、もっとだ?」

きゅっと悠珣を吸い、後孔の指は一本のみで焦らす。悠珣が腰を揺らして先を求めているのを知りながら、燁月は意地悪く言った。

「言ってみろ……なにが欲しいというのだ」

「やぁ、あ……、っ、ああ、あ……」

ずく、と指が深くまで挿《はい》ってくる。悠珣は背を反らせて喘ぎ、口からは燁月の欲望が抜け出てしまう。悠珣の口からは、銀色の糸がしたたり落ちる。

「口のほうはどうした？　私を達かせてみろ……」

「ん、な……、っ、っ……」

はっ、と乱れた呼気を吐く。体の奥の熱はますます高く、悠珣を煽ってたまらない思いをさせる。

「く……ん、っ、……、っ、っ……」

再び燁月を口腔に含もうと、唇を開いた。同時に後ろを拡げる指が二本に増えて、そのまま悠珣は大きく咽喉を反らせる。

「はぁ……、ああ、あ、あ！」

ぐちゅ、と挿り込んだ指は襞を拡げ、音を立ててかきまわす。蜜口はたちまち蕩《とろ》け、悠珣は思わず腰を跳ねさせて逃れようとした。

「逃げるか？」

指先を躍らせる燁月が、愉しげに言う。

「もう、いらないと言うか？　悦びは充分だと？」

「いやっ……ちが、違う……、っ……」

まだ満たされてはいない。奥の奥まで燁月を受け挿れて、その精を身の奥に受ける——

その瞬間を想像して悠珣はぞくりと震え、指をくわえ込む秘所を締めつける。

「ああ、……もっと、も……っと……、っ……」

再び燁月の欲望をくわえようと、口を寄せる。しかしうまくくわえることができず、頬をすり寄せる形になってしまう。

「あう、……ん、っっ、……、っ……」

「ほら、しっかりくわえろ」

燁月は腰を引き、太く育った自身を悠珣の唇に突き込む。くわえ込んだものに咽喉を突かれて咳《せ》き込み、しかし離さないというようにぎゅっと根もとを掴んだ。

「舌を使え……絡ませて、吸うんだ」

「やぅ、う……う……、っ、んく、……」

言われるがままにしようとするけれど、うまく舌が動かない。唇も息をするのが精いっぱいで、燁月の望む刺激を与えられない。

「ひ、ぁ……ああ、あ……あ、あ！」

裏腹に、燁月の指は自在に動く。二本の指を中ほどにまで突き込み、そこにある凝《しこ》りをぐりぐりといじられて、悠珣は声を失って目を見開いた。ほろりと涙が頬をこぼれ落ちる。

「ここか？」

「やぅ、ぁ……ぁ、あ、あ……っ、……」

凝りを、何度も何度も擦られた。全身にびりびりと衝撃が走る。悠珣は燁月の欲望に指を絡めたまま喘ぎ、今にも射精しそうになるのを耐える。

「なにを堪えている」

悠珣の感じる部分を擦りあげながら、燁月は言う。

「声を出せ……おまえの甘い声を、私に聞かせろ」

「だ、って……ぇ……」

はっ、と乱れた吐息とともに悠珣はささやく。

「み、な……に、聞かれ、る……、っ……」

「そんなことを覚えていたか」

くすりと笑う声が聞こえる。悠珣は頬を熱くしたが、後ろをかきまわす指のせいで、声はまたすぐに甲高く紡がれた。

「だから、どうしたというのだ？　そうだな……私が、爺《じい》に叱《しか》られるくらいか」

「でも、でも……、っ、……」

「誘ってきたのは誰だ？」

ぐり、と後孔をかきまわしながら悠珣は言う。

「おまえがよけいなことをしなければ、私は昼間から政務を放り出すことはなかったのだぞ?」

悪いやつだ。そう言われて、ぱしんと臀を叩かれる。その痛みに、そしてぐちゃぐちゃと後孔を乱される感覚に悠珣は喘ぐ。

「申し訳、ありま、せ……」

「構わぬ。戯言《ざれごと》だ」

蜜道の凝りを擦りながら、燁月は言う。

「おまえの誘いを断れない私も、同罪だ……いや、おまえほどの癸種の甘い匂いに逆らえる者などいるまい」

「あ、ああ、あ……あ!」

感じる部分を執拗にいじられて、悠珣の腰には痙攣《けいれん》が走る。あ、と声があがると同時に悠珣は放っていた。突き抜ける感覚とともにごくりと嚥下《えんか》する音がした。

「甘い、な」

改めて実感したように、燁月がつぶやく。射精したばかりの淫芯を執拗に舐められて、悠珣はぶるぶると身を震った。続けざまに再び放ちそうになりながら、指先にまで流れ込む快感に耐える。

「だから、やめられぬ……おまえの体は、効果の過ぎる薬のようだ……」

「ああ、ん、っ、……、っ、……！」

燁月の口腔で萎《な》えた悠珣は、しかしすぐに形を取り戻す。挿れられた指は三本に増え、蜜にまみれた後孔をぐちゃぐちゃとかきまわされた。襞が拡げられ感じる神経が剝き出しになって、悠珣は喘ぐ。大きく背を反らせると、じゅくりと音がして指が引き抜かれた。

「やぁ、あ……あ、あ……っ！」

刺激を失って、悠珣は声をあげた。蜜口はくぱりと開き、中の石榴《ざくろ》のような赤を見せている。

「挿れ……、挿れて……、っ……」

うわごとのようにそうつぶやく悠珣の背をざらりと撫でて、燁月は体を起こす。悠珣の腰に手を置いて引き寄せると自分のほうを向かせる。蜜をこぼす唇に自分のそれを押しつけて、舌を絡ませるとじゅくりと唾液《だえき》を啜った。

「懸念せずとも、挿れてやるとも……」

「あ、っ、……あ、……」

悠珣は抱きあげられ、秘所には熱いものが押しつけられる。悠珣の体はゆっくりと燁月の膝の上に座り込む恰好となり、指三本よりも太い欲芯をずくずくと受け挿れる。

「あ……、……！」

咽喉を反らせて、悠珣は声をあげた。蜜鑁は拡げられ、淫液が溢れる。そのぬめりで欲望がより深く挿り込んできて、嵩張った部分が感じる凝りを擦る。

「やぁ、あ……ああ、あ……っ、……！」

しなる体を、燁月が抱きしめる。苦しげな息を吐き、きつすぎる蜜鑁を押し開きながら悠珣の体を犯していく。

「ふ、ぁ、あ……ああ、あ……、っ、……」

悠珣も腕を伸ばし、燁月の背を抱きしめた。逞しい体の感覚が心地いい。黒の袍の背にがりりと爪を立て、高価な布に皺《しわ》をつける。そのようなことなど構っていられないくらいに快感は凄《すさ》まじく、悠珣は声をあげながら燁月のなすがままになる。

「鑾、月……さ、……ま、……っ……！」

「悠珣」

互いの名を呼んで、舌を絡めあわせる。じゅくじゅくと音を立てながら互いの唾液を啜り、その甘さにくらくらと酔いながら接合を深めていく。

「は、っ、……」

「うぁ、あ……あ、あ……ん、っ、……」

貪《むさぼ》るように唇を合わせ、同時にふたりの繋がりも深くなっていく。悠珣の蜜壺《みつつぼ》は太い逸物に拡げられ、体中にびりびりと走る感覚に耐えながら、体を埋めていくものを受け挿れる。

「や、そこ……、っ、……！」

燁月の欲望が、最奥の手前に至る。そこには癸種のみが持つ感じる箇所があって、突かれ擦られ体中に雷《いかずち》が走った。つま先までを反らして悠珣は喘ぎ、ふたりの下腹部に挟まれる悠珣の欲望が何度目になるかわからない淫液を放ち、あたりには濃く甘い香りが立ちのぼる。

「ああ、そこ……そ、こ……」

「ここか？」

「ああ、あ、あ！」

感じる部分を突きあげられて、悠珣の目の前は真っ白になる。唇は強《こわ》ばり下肢が痺れて、まともな言葉を綴《つづ》ることができない。

「っあ、あ……っと、も、……、と……！」

腰を揺すって刺激を求め、擦られてはまた声をあげる。悠珣の体は今にも蕩けてくずおれそうで、それを燁月が抱きしめる。

「ふぁ、ぁ……ああ、あ…っ……」

悠珣、と燁月がつぶやいた。体内に受け止めた燁月自身がどくりと質量を増す。感じる部分を突かれて快感が走り、最奥を抉《えぐ》られて声が溢れる。

「あ、っ……も、う……、も……う……」

「悠珣……」

苦しげな、燁月の声が耳に入る。しかし悠珣の目は霞《かす》み耳はちゃんと音をとらえず、ただ突きあげられる快楽に蕩けて嬌声をあげるばかりだ。

燁月が、くぐもった息を吐いた。同時に体内がかっと熱くなる。彼が放ったのだ——高すぎる熱を受け止めて、悠珣は声を嗄らす。大きく反った背から燁月の手がすべり、悠珣は背から臥台に倒れた。その上に燁月がのしかかる。拍子にくわえ込む角度が変わり、悠珣はまた身を震わせた。

「あ、あ……っ、ぁ……、っ……」

また放ってしまったかもしれないし、もう出る蜜はなかったかもしれない。甘い香りが咳き込むほどに濃く立ちのぼり、悠珣にもはっきりと感じられる。

「……っああ……、っ、……」

「は、っ……」

ふたり、体を重ねたまま荒い息を繰り返した。互いの唇を求め、ちゅくちゅくと音を立てながら吸い合う。その隙《すき》に洩れる吐息は熱く、再び反応してしまいそうになる。

「まだ……」

悠珣は、淡くつぶやいた。

「ま、だ……、もっと……」

目を開くと、燁月の真っ黒な瞳が映る。欲がしたたり潤んで光り、それもまた悠珣の情欲を煽った。

「もっと……燁月さま……」

「おまえは……」

呆れたような、それでいて彼自身もまた欲を抑えられないといったような声。悠珣はぶるりと震え、燁月の背にまわした腕に力を込める。

「私をどこまで誘惑するつもりだ。おまえに溺《おぼ》れて……おまえを抱くこと以外、なにも考えられなくなるだろうが」

「それで……いいではありませんか」

掠れた声で、悠珣は言った。

「抱いて……もっと。もっともっと、燁月さまを感じたい……」

彼を深く呑み込んだまま、ぎゅっと体を抱きしめられて。しかし欲しいのはもっと激しい熱だと、悠珣は身を捩る。

「あ、っ……」

繋がった部分から、どろりと淫液が洩れる。燁月の精液と悠珣の蜜が混ざったものだと思うと、頭の芯が痺れるような気がする。同時に、それがなにをも生むことなく流れ出るのだと思うとつきんと胸が痛んだ。

「孕《はら》めれば……いいのに」

悠珣は、呻いた。燁月は目を見開き、ひとつまばたきをするさまがうつくしいと思った。

「私も、おまえに孕んでほしい……が、つがいでなくては孕めぬのだろう？」

「どうやったら、つがいに……」

はっ、と熱い息を吐きながら悠珣はつぶやく。

「燁月さまの、つがいになりたいのに……」

「私も、おまえ以外はいらぬ」

汗ばんだ額にくちづけを落としながら、燁月は言う。

「甲種《こうしゅ》と癸種が、どうすればつがいになれるか……調べさせてはいる。しかし前例も文献も、なにもかも少なく手がかりがない」

「あ、……、っ、……」

じゅくり、と音を立てながら燁月が抜け出る。空虚さに悠珣は艶めいた息を吐き、その唇を燁月が奪う。

「そもそも、甲種も癸種も数が少ないからな……そういう者があるということを知らぬ者のほうが、圧倒的に多い」

「皐族の村でも……俺は、俺以外の癸種のことを知りません。……じいさまがたの中には、昔いた癸種のことを知っているかたもいたようですが」

乱れた息を必死に整えようとしながら、悠珣は言った。

「あの神が、さっさと教えてくれればいいものを」

「二郎真君さまですか……？」

悠珣の頬にくちづけながら、燁月は恨みがましく「ああ」と呻いた。

「儀式とはなんなのだ？　それほどに困難なことか？」

「燁月さまに、不可能なことなどないと思いますが……」

「ある。現に、あの神に振りまわされている」

いかにも気に入らない、というように燁月は言った。

「おまえを、孕ませたい……子があれば、癸種など、と言う諸臣どもを黙らせられるのに」

ちゅく、ちゅくと音を立てて燁月は悠珣の額に頬に、顎《あご》にくちづける。彼の唇は、そうでなくても感じやすい悠珣の体に響き、震える声で悠珣は燁月を押しとどめようとした。

「燁月さま……、な、ぁ……、した、ら……」

「ますます、感じるか？」

にやり、と笑った燁月は、くちづけをやめようとしない。

「なんなら、また達かせてやってもいい……」

「あ、あ……っ」

その言葉に、ぞくりと背筋が震える。悠珣は抱きしめた燁月の肩口に顔を擦りつけ、ねだるようにくちづける。

「もっと……、してくださいますか……？　もっと、俺を……」

「あたりまえだ」

燁月は答えて、唇を合わせてくる。接吻はすぐに深いものになり、臥房《しんしつ》には悠珣の嬌声が響き渡った。

第四章　つがいの誕生

毎日、暑い日が続く。

夏であるから当然だとはいえ、しかし雨が降らないのだ。雨の匂いをかいだのは、いつの話だっただろうか。

悠珣は、袍の襟もとをくつろげて座っていた。腰を下ろしているのは冷たい床の上だけれど、その冷たさが心地いい。寄りかかっているのは漆塗りの黒い倚子で、それに座って卓子に向かっているのは燁月だ。

彼の沓靴を脱がせてくちづけ、情交へ誘うのは悠珣の常だったけれど、今はその気になれない。燁月が山と積まれた書巻を片づけなくてはいけないことはわかっているし、この暑さの中、悠珣も動く気力がないのだ。

悠珣は、燁月が向かう卓子に書簡を運んでくる臣下たちを見ている。低い声での会話を聞いている。それらがぼんやりとしか頭に入ってこないのは、暑さのせいだけだろうか。

悠珣が癸種であることと関係があるのだろうか。

「……旱魃《かんばつ》」

そんな言葉が、耳に入ってきた。悠珣は、はっとする。倚子に寄りかかっていた体を起こし、声の主を見た。

「各地で、旱魃の被害があがってきております」

そう言っているのは、黒の袍をまとった老爺だ。燁月が「爺」と呼ぶ、臣下のひとりだ。

「この天候で田畑が荒れ、農地を捨てて逃げる民も少なからず。このままでは、秋の実りが見込めませぬ」

「しかし、天候のことは天のなすこと……逃げる先に、いったいなにがあるのか」

老爺は口をつぐんだ。彼は視線を下に落とす。悠珣と目が合った。老爺は、悠珣を憎むような視線を投げかけてくる。

「雨乞いをするしかありますまい」

じっと悠珣を見つめてくる老爺は、そう言った。

「龍神を呼ぶのです。天に雨を乞うしか、方法はありません」

雨乞いと聞いて、悠珣は目を見開いた。老爺が、ゆっくりと口を開く。

「そこな癸種は、星見と聞いております。陛下のご寵愛に、龍神を呼び出すことで応えさせてはいかがでしょうか」

燁月は、なにも言わずに悠珣を見た。雨乞い。悠珣は、そういう技を身につけないまま父を亡くし星見となった。旱魃の中、星見といえば誰もが雨乞いを連想するだろう。ましてや悠珣は癸種。通常の星見とは違う特別な力を持っていると思うのももっともだ。

「できるか、悠珣」

燁月の言葉に、すぐに返事ができなかった。父は優秀な星見で、日照りに龍神を呼んだこともあると聞いているけれど、悠珣は違う。だからといってできないとは言えなかった。房に控える者が、皆悠珣を見ている。その目に、言われているような気がした。ただ燁月の寵愛を受けて愛欲に溺れる日々を過ごすだけでいいのか。燁月の役に立たなければいけないのではないか。

「……やって、みます」

悠珣は、よろりと立ちあがった。無数の視線が突き刺さる。その目線に、自分が憎まれていることを感じた。皇帝の寵愛を受け、常にその側《そば》に侍《はべ》ることを許された人間に向けられる視線とはこのようなものなのか。今まで感じることがなかったのは、悠珣が燁月しか見ていなかったからか。

雨乞いという言葉を聞いて悠珣の星見としての一面が目覚め、覚醒《かくせい》してみるとこの場においての自分の役割はなんなのか――雨乞いを成功させることでしか、悠珣には居場所がない。

「準備を……お願いします」

悠珣が言うと、燁月が倚子を蹴《け》って立つ。その目には悠珣を心配する色があって、だから悠珣は彼に微笑《ほほえ》んでみせた。

「俺は、星見です。雨乞いの方法も、父に教わっています。……役目を、果たさなくてはいけません」

実際に成功させた経験がないことは、言わなかった。しかし成功させなければ非難は燁月にも及ぶだろう。そうさせるわけにはいかない。なんとしても成就させて、燁月に旱魃を救った皇帝という名声を担ってほしい。

「祭壇に縄を張り、碗《わん》に酒と、皿に塩、を供えてください」

震える声で、悠珣は言った。

「俺が、龍神に呼びかけます……皆、集まって心を合わせてください」

そして髪を揺らして頭を下げる。房の中が、ざわりとした。皇帝を惑わせ堕落させる癸種である悠珣が、そのような態度を取るとは思わなかったのだろう。

「俺は、今から身を清めます。燁月……陛下。よろしいでしょうか？」

「それは、もちろんだ。しかし……」

燁月は手を伸ばす。悠珣の腕をぐいと摑み、それに悠珣は、はっとする。

「無理をするな。雨乞いなど……いくらおまえが星見とはいえ、難しいことに変わりはなかろう」

「だからこそ、です。陛下」

燁月に触れられて、そこからぞくぞくとしたものが迫《せ》りあがるのに耐えながら、悠珣は言った。

「俺は……陛下のお役に、立ちたいから」

今から清めに入る身に、この感覚はふさわしくない。悠珣はそっと燁月の手をほどくと、彼から遠のいた。燁月が、驚いたようにその黒い瞳で悠珣を見つめる。悠珣は微笑み、そしてすっと息を吸う。

窓に目をやった。眩《まぶ》しいほどに明るい屋外は、雨の気配のかけらさえもない。星見とはいえ未熟な悠珣が、雨乞いを成功させることなどできるのだろうか。一抹の不安を抱きながら、しかしやるしかない——悠珣はもうひとつ、息を吸った。

王宮の奥、霊廟《れいびょう》の前には祭壇がしつらえられた。

悠珣は白一色の衣をまとい、縄で作られた輪の中に向かう。無数の者たちの視線を感じる。祭壇を囲んでいる者たちだけではない、あちこちの窓から悠珣を見ている目線がある。すべての者が、悠珣が雨乞いを成功させられるかどうかを見届けようとしている。

指先にまで、緊張が走る。悠珣はゆっくりと輪の中に入り、空を仰ぐ。澄みきって晴れ渡った空からは一滴の水が落ちてくる気配もなく、じりじりと照りつけられて胸をよぎるのは不安だ。

（雨……降らせられるのか）

唇を噛《か》んで、燃える太陽を見つめる。目の前が白くなっていく感覚は、燁月に抱かれて絶頂を迎えるときのようだと思い、同時にくらりと眩暈《めまい》がして、悠珣は慌てて体を立て直そうとした。

「おっと」

ぎゅっと腕を掴まれた。よろけそうになっていた悠珣は目を開けて、目の前に銀色の髪の青年の姿を見た。

「二郎真君《じろうしんくん》さま……」

見れば、あたりの光景も変わっている。白い靄《もや》の中、まるで雲の中に浮いているような感覚。いつもの光景にはっと息をつきながら、しかし、と悠珣は慌てて二郎真君を見た。

「お、俺は、雨乞いをしなくちゃいけないんです！」

「そうらしいな。無謀なことを」

二郎真君は面白いものでも見るかのように、にやにやと悠珣を見つめている。その青い瞳には、不安げな顔をした悠珣が映っていた。

「おまえには、星見の才能はない。雨乞いなどしても、無駄だ」

「でも……雨を降らせなきゃならないんです！」

悠珣は、声をあげる。

「早魃で、深刻なことになっていて……燁月さまをお助けしたいから」

「おまえは、皇帝の寵愛を受けるおまえを嫉《ねた》む者たちに嵌《は》められたのだ。ばかめ」

二郎真君の手が、悠珣を抱き寄せる。くちづけられてはっとする。

「おやめください……」

悠珣は、二郎真君のくちづけから逃げた。彼のくちづけには、不思議な力がある。それに囚《とら》われて、再び燁月のことを忘れてしまうようなことはいやだった。

しかし、そんな悠珣に二郎真君は怒った様子は見せなかった。それよりも興味深げに、悠珣の顔を覗《のぞ》き込む。二郎真君の圧倒的な美貌《びぼう》を前に、悠珣は顔を逸《そ》らした。

「昔からおまえを見守ってきた私よりも、あの男を取ると？」

「俺は、天界になんて行くつもりはありません……お離しください」

「私が、おまえの役に立てるとしてもか？」

悠珣は、目を見開いて二郎真君を見た。彼は変わらずにやにやと笑っているけれど、その目にからかい以外の色を見て悠珣は二郎真君を見つめる。

「私が、なにを司る神か知っているか？」

「それは……、確か」

ああ、と二郎真君はうなずく。

「灌漑《かんがい》だ。田畑に水を流す役目を担うのだ」

悠珣が癸種として目覚めたときから、天界へともに連れていきたいとことあるごとに現れた神だ。二郎真君が悠珣に目をつけたのも、彼が水に関する神だったから——だから雨乞いの役目をも負う、星見の悠珣が目に入ったのだ。

「では……お願いです！」

今度は、逆に悠珣が二郎真君の腕を摑んだ。その力が強すぎたのか、彼は眉をひそめる。

「罧国《しんこく》に、雨を……水を。旱魃で、皆困っているのです」

「もちろん、構わないぞ」

自分の腕を摑んだ悠珣の手の甲にくちづけを落としながら、二郎真君は言った。

「おまえが、私のものになれば、な」

「……！」

彼がそう言うことは、予想できたはずだったのに。悠珣は唇を嚙む。

「おまえが私のものとして、天界にやってくるならな。永遠に年老いることもなく、病もなく、飢えることもない。私とともにあることの、なにが不満だ？」

「……俺、は」

悠珣は言い淀《よど》んだ。以前は皐族の村の星見、薬師《くすし》としての責任があると思っていた。今では、燁月のもとを離れたくない——彼のことを考えるだけで胸が締めつけられるようで、あの逞しい腕に抱きしめられることがないのなら、死んだも同然だと思えるのだ。

「あの男か？」

二郎真君は、目を細めて悠珣を見る。

「あの男が、おまえを引き止めているのか？　そこまでおまえの心を、奪ってしまったというのか？」

「二郎真君さま……」

彼の声が、真剣みを帯びた。彼は手を返して悠珣の腕を摑み、先ほどよりも強い力で胸に抱き込んできた。

「わ……、っ、……」

「再び、あの男のことを忘れさせてやろうか？　おまえが、なんの未練もなく私のもとに来られるように……」

二郎真君の唇が、近づいてくる。まだ癸種として目覚めたばかりのころ、燁月に出会った。しかし二郎真君のくちづけがそれを忘れさせ、悠珣は燁月の名を思い出すこともできなかった。そのことが蘇《よみがえ》って震え、悠珣は二郎真君から逃げようとする。

「逃がさない」

腕に、二郎真君の爪が食い込む。その痛みに悠珣は悲鳴をあげた。

「おまえは、私のものだ……おまえが幼いころから、おまえを手に入れることを望んできた。人間としての生を歩ませてから手に入れてやろうと思ったが、おまえが癸種で……」

ぎゅっと腕を摑んだまま、二郎真君は言葉を切った。

「つがいの繫がりというのは、それほどに強いものなのか？　幼いころからおまえを見てきた私を拒むほどに……おまえは、あの男に惹《ひ》かれているというのか？」

「俺は……燁月さまのものです」

震える声で、悠珣は言った。いつも薄笑いを浮かべ、悠珣をからかっているかのような二郎真君は、今や真剣な色をその青い瞳に浮かべ、悠珣を放そうとはしない。

「つがいだからかどうかなんて……わからない。ただ、俺はもう燁月さまがいないと生きていけない。燁月さまに抱かれることが、すべてなんです……」

「まだ、つがいの儀式を終えていないくせに」

憎々しげに、二郎真君が言った。

「正式なつがいでもないくせに、生意気なことを」

「それでも……俺は、燁月さまのものです」

二郎真君の腕から逃れようとしながら、悠珣は言う。しかし、と二郎真君の手の力に思い及んだことがあった。ここで、偽りでも二郎真君を受け入れれば旱魃はやむのだろうか。罧国は助かるのだろうか。悠珣の頭に、そのようなことがよぎった。そんな考えに瞳が揺れたのを、二郎真君は見逃さなかったらしい。

「そうだ」

いったん悠珣を離し、改めて腕に抱き込みながら二郎真君は言った。

「おまえが私のものになるのなら、すぐにでも龍神に話をつけてやろう。なに、やつも話のわからぬ男ではない。私の頼みとあらば、聞き入れるだろうよ」

悠珣は、先ほどのように逃げることをしなかった。見開いた瞳に、二郎真君が映る。彼が嘘をついていないことは、悠珣が特別な力を持っていなくてもわかった。それほどに彼の口調は、そして瞳は真摯《しんし》で、このような二郎真君を見たことはなかった。

「本当……ですか」

「嘘をつくのは、人間だけだ」

嘲るような口調に変わる。いつもの二郎真君のようだと思ったけれど、真剣に悠珣を見つめる目はやはり今までに見たことのないものだ。

「私のものに、なれ」

二郎真君は、悠珣を抱きしめる。その腕の中にあって、悠珣は先ほどのように抵抗はしなかった。二郎真君に抱かれ、はっとひとつ息をついた。

「私のものになって、永遠に、ここで……私と、ともに」

「二郎真君さま……」

悠珣は、ぎゅっと目をつぶった。二郎真君に抱きつき、彼の肩にまわした腕に力を込めた。

「おい、悠珣」

「二郎真君さまとともに、おります」

できるだけ明るい声で、それでいて呻くように悠珣は言った。

「二郎真君さまのもとに……ずっと」

　そうすれば、罧国は助かるのだろう。自分は燁月の役に立つことができる。天界に身を置くことになれば二度と燁月に会うことはできないのだろうけれど、彼の皇帝としての立場に少しでも助力できるのならばそれ以上のことはない。

「ずっと……ご一緒にいさせてください」

　二郎真君の胸に顔を埋《うず》め、悠珣は身を震わせた。本心では、燁月と離れたくはない。しかし彼の立場を思うと仕方がないのだ。悠珣ができることで彼を支えたい——それが、どのような犠牲を強いようとも。

「いいのだな」

　悠珣の背に腕をまわし、二郎真君は言った。

「私は、おまえを離しはしない。永遠に、おまえをそばに置く」

「早く、そうしてください」

　彼の胸に顔を埋めたまま、悠珣は声をあげた。

「一刻も早く……二郎真君さまのものに、なりたい……」

　二郎真君は、悠珣の背から手をほどく。指をすべらせると悠珣の顎を抓《つ》まんで上を向かせ、じっと見つめてくる。

それが、悠珣の本心を覗こうというような目つきだったので、悠珣の体はわなないた。二郎真君の青い瞳を見つめ、心の奥を暴かれないように力を込めた。

「わかった」

そう言って、彼は唇を近づけてくる。悠珣は目を閉じた。ふっと二郎真君の吐息が唇にかかって、どきりとする。そのまま、彼の柔らかい唇が近づいてきて——。

「悠珣！」

鋭い声がした。悠珣は、目を見開く。とっさに声のしたほうを見て、そしてさらに大きく瞠目した。

「燁月……、さ、ま……」

「悠珣……！」

そこにいたのは、燁月だった。黒い袍をまとい、その恰好は雨乞いの祭壇の前にいたときのものと同じだった。

「ど、うして……、こ、こ、に……」

「わからぬ」

はっ、と息をついた燁月は言った。

「おまえを捜して、さまよっていたら……ここに来た」

燁月に駆け寄り抱きつきたい気持ちを、懸命に堪えた。悠珣は二郎真君の腕の中、息を呑んで燁月を見つめている。

「しぶとい人間が」

嘲笑うかのように、二郎真君が言った。

「ここまで入り込んでくるとは……遠慮を知らぬ、人間めが」

悠珣を抱きしめたまま、二郎真君は燁月を睨みつける。燁月は気強く二郎真君を睨み返しながら、荒い息とともに近づいてきた。

「燁月……さま……」

目を逸らそうと思うのに、彼から視線が外せない。燁月が近づいてくるのが感じられて、悠珣の心はそれを喜んで、跳ねた。

「悠珣、こちらへ」

二郎真君を睨みつけるまなざしのまま、燁月は言った。

「こちらへ来るのだ。おまえは、私のもの……なぜ、そのような男とともにある」

「燁、月……さ、……」

「なにを言うか」

嘲笑を濃くして、二郎真君が言った。

「悠珣は、私のものだ。私のものになると、この者自ら言ったのだぞ」

「な、に……」

燁月が、こめかみを引き攣らせる。悠珣は彼を見ていられず、視線を逃がして二郎真君の胸に顔を埋めた。

「悠珣。本当なのか」

「……本当、です」

淡い声で、悠珣は答える。手は二郎真君の衣を摑み、ふるふると震えている。

「俺は、二郎真君さまのものになりました……もう、燁月さまの悠珣ではありません」

震えているのは手だけではなかった。声もわななき、掠れ小さくなっている。

「私は信じない」

しかし、燁月はそう言う。しっかりとした足取りで雲のような、靄のような地を踏み、悠珣のもとに歩いてくる。

「おまえの目は、そう言っていない。おまえは私を求めている……」

「違い、ます……!」

悠珣は首を振った。自分の髪が、頰を叩く。

「俺は、俺の意思で……二郎真君さまのものになることに、決めたのです」

「嘘をつけ」

燁月の声が、近くに聞こえる。悠珣は顔をあげられず、二郎真君にしがみついたまま小さな動物のように怯《おび》えている。

「おまえが、私を否定するわけがない。おまえは、私のつがい……一生をともにと、定められた繋がりを持つ」

「違うのです……」

悠珣は、今にも泣き出しそうになるのを懸命に堪えながら声を紡いだ。

「間違いだったのです。俺は、二郎真君さまのものだった……燁月さまとのことは、間違いです」

「ふざけるな」

悠珣の小刻みに震える肩に、強い手が置かれる。びくりと、悠珣は大きくわななないた。

「間違いなど、あるものか。おまえが私のものであることは、私が一番よく知っている。神だろうがなんだろうが……おまえを渡すつもりなど、ない」

「手を離せ、小僧」

二郎真君が、鋭い声でそう言った。

「悠珣の言うことを聞いていなかったのか？　この者は昔から、私のものだった……この先も、だ」

「先に出会ったからといって、所有欲か？」

今度は、燁月が嘲笑う声をあげる番だった。

「このようなことに、順序などあるわけがない。そもそも、おまえが悠珣に私のことを忘れさせた……それが私と悠珣の間を裂いていたのだから、おまえの差し金で私は悠珣と引き離されていたのだ」

「私には、それだけの力があるということだがな」

くつくつと、二郎真君が笑う。悠珣は、きゅっと唇を噛んだまま彼の胸に顔を埋めていて、そんな悠珣の肩をすべって、燁月の手が顎を摑む。

「あ、っ……」

「こちらを向け、悠珣」

燁月の、逆らいがたい声がそう言った。

「悠珣」

彼の、名を呼ぶ声。悠珣は息をつき、懸命に二郎真君にしがみついた。しかし燁月の声が、悠珣を誘う。

「悠珣……」

声につられるように体が動く。振り返って煒月の顔を見た。悠珣は、大きく息を呑んだ。

悠珣の名を呼ぶ彼は、目をつりあげてこちらを睨みつけている。黒い瞳は自ら発光するかのように輝き、その色に悠珣は引き寄せられる。反射的に二郎真君の胸もとから手をほどいた。

「私から離れるつもりか」

二郎真君の声が、悠珣を呼び止める。悠珣はびくりとし、しかし視線は煒月から離すことができない。彼の尖《とが》った耳を、その艶やかな髪を、瞳を、整った相貌《そうぼう》を見つめる瞳は、囚われたように彼から振りほどくことができない。

「おまえは、私のものだろうが。おまえがなんと言おうと、私はおまえを離さない」

煒月の声が、まるで愛撫のように耳に忍び込んでくる。悠珣は、耳に舌でも這わされたかのようにびくっと震えた。顎を摑む煒月の手が悠珣を引き寄せ、無理やり唇を奪う。

「……、っ、……、ん、……」

深いくちづけ。唇を吸いあげられて淫らな音を立てられて、そして舌が挿ってくる。歯列を舐められ思わず開いたそこに挿り込んできた舌は悠珣の舌をからめとり、じゅくりと吸いあげる。

「や、ぁ……、っ……」

「貴様……！」

二郎真君が悠珣を抱きとめ、燁月の手から彼を奪い取る。悠珣の濡れた唇は今度は二郎真君に吸われ、端からはふたりの唾液がしたたった。

「や、……ぅ、ん、……」

悠珣は後ずさりをし、足もとを取られて転んだ。臀をついても痛くはなかったけれど、高いところから注がれる四つの視線の圧倒的な感覚に威圧された。

「……、っ、……」

ふたりは、じっと悠珣を見ている。水色の瞳も黒の瞳も、欲をたたえて潤んでいるのがわかる。悠珣は固唾を呑んだ。

「悠珣」

ふたりの声が響く。ふたりの手が伸びる。悠珣の右肩は二郎真君に摑まれ、悠珣の左腿には燁月の手がかけられた。

「悠珣」

ふたりはそれぞれそう呼びかけてきて、そして手を置いた場所にくちづけをする。まとった白い衣越しだったけれど、押し当てられた唇の感覚はまるで直接くちづけられたかのように肌に伝いきて、悠珣はぞくぞくと身を震わせる。

「や、……、ぁ……、っ……」

　悠珣の唇から、声が洩れた。それは甘く蕩けた喘ぎ声で、自分でもびくりとしてしまう。自分の体を押し倒す男たちの瞳が濡れる。したたる欲を孕んで自分を見つめている彼らのまなざしにごくりと息を呑む。悠珣は我知らず後ずさりをしたけれど、ぎゅっと腕を摑んだのは燁月だった。

「発情しているのか？」

　再び、息を呑んだ。どくんどくんと、心臓が鳴る。悠珣は大きく目を見開いて燁月を見た。

「発情期だろうが……違おうが、構わん。おまえを、抱く」

「悠珣を欲しがっているのは、自分だけだとでも？」

　嘲笑《ちょうしょう》の口調でそう言ったのは、二郎真君だった。彼は悠珣の肩口にくちづけを繰り返し、悠珣の呼気を荒くさせる。

「悠珣を抱くのは、私だ。そう……この白い肌を暴いて、私の痕をつけて……私のものにする」

　二郎真君は、悠珣の白衣に手をかけた。ひとつひとつ、結び目をほどく。たちまちのうちに、悠珣の上半身が露《あら》わになった。

「や、ぁ……、っ……」

「勝手なことをするな」

怒りを孕んだ燁月の手が、その先に這う。上衣を引き剝がし、悠珣を褌子一枚にしてしまう。

「私のものだと言っただろうが。この者の肌を味わうのは、私だ」

燁月は悠珣の褌子の腰部分に指をかけ、少しだけ引き下ろす。腰に唇を当て、すると悠珣の下肢は、まるで感じる部分にくちづけされたかのように大きく跳ねた。

「……、っ、…あ……」

「相変わらず、感じやすい」

二郎真君が、ため息とともに言った。

「おまえの、声……白い肌。そうやって反応を見せるところ。なにもかもが、私を翻弄してたまらないものを」

彼の唇は、剝き出しになった肩に触れた。ちゅく、と吸いあげられて悠珣は大きく背を反らせる。口からは堪えきれない喘ぎが溢れ出て、その声に男たちがさらなる欲情をかき立てられたことを知る。

ふたりは悠珣の名を呼び、その肌に愛撫の痕を刻む。悠珣の嬌声は高く淫らに、その場を猥雑《わいざつ》に染めていく。

「あ、あ……、っ、……、っ、……」

　鎖骨の上に、点々と赤い痕をつけられる。ひとつひとつが体を貫く快楽を生み、悠珣はたまらなくなって腰を揺すった。そこにくちづけている燁月は、悠珣の腰骨をかりりと咬み、悠珣は悲鳴をあげて下肢を跳ねさせる。

「このようなところも感じるのだな……おまえは」

「やっ、……、ん、ん、……、っ……」

　燁月の言葉への羞恥と、伝わってくる感覚の鋭さに悠珣は体を捩る。そんな彼の上半身を抱いて、二郎真君は咽喉もとにくちづけてきた。

「は、ぅ……、っ、……」

　咽喉の膨らんだところを吸われると、全身にたまらない衝動が走る。ちゅく、ちゅく、という音が耳に響いて、悠珣は何度も体を震わせた。

　下半身には、燁月が唇を押し当ててくる。褲子を少し下ろしたまま、悠珣の臍《へそ》のくぼみを舐めあげた。そのまわりにちゅ、ちゅ、とくちづけを刻まれ、掠れた声が立て続けに洩れる。

　燁月の唇は、だんだんと下に降りていく。臍の下をくすぐるように舐められて、下半身が反応した。ぴくんと大きく跳ねさせると抱きしめられて、強く痕をつけられる。

「あ、あ……、っ、……、っ、……」

下半身に、ずくんと刺激が走る。それはまだ褌子に隠れている悠珣自身に力を注ぎ込み、布に擦れる情感に悠珣は喘いだ。

「やぅ……、あ、ん、……、っ……」

そんな悠珣を追いつめるように、燁月は褌子を脱がせようとはしない。上に手をすべらせて、形を確かめるようにする。何度も撫であげて、先端からの淫液が沁み出てきても、知らぬ振りで愛撫を続ける。

「うぁ……、あ、あ……、っ、……」

喘ぎを洩らす唇を、二郎真君が塞いだ。きゅっと吸いあげて、悠珣の声を奪ってしまう。なおも吸っては唾液を舐めあげ、舌を伸ばして悠珣の口を開かせる。噛みしめた歯列は舐め溶かされた。挿り込んでくる舌に自分のそれをざらりと刺激されて、呻くような声が洩れた。

「……っあ、あ……、あ、あ……」

「悠珣、どちらに感じているんだ？」

そう言ったのは、どちらだっただろうか。

「こちらか……それとも、そちらか。どちらが感じるのか、言ってみろ」

「ん、な……、っ、……」

声とともに、褌子がずり下げられる。悠珣の欲望が晒され、淫液に濡れたそれは外気を冷たく感じた。それもが刺激になって、悠珣は喘ぐ。

「やはり、ここをいじられるのが好きか？」

先ほどの声は、燁月のものだったのだろうか。彼は悠珣の欲望を指先でなぞる。淫液が塗り込められる。それに反応して声をあげようとしても、二郎真君の深いくちづけはそれを許してくれない。

「ひぅ……、っ、……、っ、……」

舌をからめとられ、きゅっと力を込めて吸いあげられる。こぼれ溢れる唾液を啜られ、それにも体が震えるほどに感じてしまう。わななく下肢を押さえ込み、燁月は悠珣の欲芯に舌を伸ばした。

「……いぁ……、っ、……っ、……」

先端をぺろりと舐められる。どくり、と淫液が洩れこぼれた。それにたまらず身を震うと、そんな悠珣の喘ぎ声を吸い取ってしまうかのごとく深くくちづけられて、音を立てて吸い立てられる。

「や、ぁ……、……ん、……、っ、……」

悠珣は、大きく身を反らせた。二郎真君の手がすべる。彼の指は、刺激に勃っている悠珣の胸の尖りをとらえ、きゅっと捻ってはそこをますます感じる場所にした。

「あ、あ……、っ、……！」

下半身は、焦らすように何度も何度も舐められる。舌のように強く吸ってほしいのに、その願いは届かない。口にしようにも二郎真君の執拗なくちづけは悠珣の口もとをべたべたにしていて、喘ぎ声しか洩らすことができない。

「や、ん……、っ、……、っ……」

舌を絡められ吸いあげられ、ひくんと震えるのと同時に乳首を抓まれる。強い力で潰されて、高い嬌声があがった。

その声を吸い取って、もうひとつの乳首に指を伸ばしながらの二郎真君のいたずらは続く。悠珣が反応を見せるたびに彼はくすくすと笑い、そうやって笑われることがますます性感を鋭くしていく。

「も、……、っ、……、っ、……」

悠珣がひくついた声をあげると、下肢を攻めている燁月が顔をあげたのがわかった。ちゅく、と舐めあげていた自身から舌が離れ、悠珣は咽喉を鳴らす。同時に、唇をもてあそぶ二郎真君の唾液が、咽喉を通って落ちていく。

「や、やめ……、な……」

腰を揺すって、悠珣はねだる。

「やめな……、い、……で……、っ、……」

「どうしてほしいのだ、悠珣」

ぴん、と勃ちあがった悠珣の自身を弾いた、燁月が言う。

「舐めるだけではもの足りないか？　どうしてほしいのか……言え」

「ああ、あ……、っ……っ……！」

同時に強く乳首を抓まれ、悠珣は声をあげる。体の中をびりびりと衝撃が走り、悠珣は背が痛くなるほど身を反らせた。

「や、ぁ……、っ、……、……！」

同時に、自身が放ってしまったのを感じた。じゅくん、という音とともに愛撫されていた口腔がほどかれる。悠珣の目に入ったのは、白濁を手に受けて、赤い舌で舐めている燁月の姿だった。

「も、……うしわけ……、っ、……」

彼の黒い目は、欲に濡れて光っている。ぴんと立った耳の中は赤く染まっていて、白濁を舐める彼の姿はまるで獲物を仕留めた獰猛《どうもう》な動物のようで。悠珣は、ごくりと固唾を呑んだ。

「おまえばかりが、悠珣の蜜を味わうのは許せんな」

口のまわりを舐めながら、二郎真君が言った。

「私にも舐めさせろ……」

そう言って彼は、燁月の手に顔を寄せる。赤い舌が白濁を舐めている。ふたりでぺちゃぺちゃと音を立てるさまはあまりにも艶めかしく、悠珣は息を呑んでそのさまを眺めた。

「足りんな」

ふっと息をついて、二郎真君が言った。

「もっと、おまえの蜜を寄越せ。この程度では……物足りん」

そう言って彼は、顔を伏せる。一度放ち、やや力を失った悠珣自身に舌を這わせ、そのざらりとした感覚に、悠珣は新たな嬌声をあげる。

自分の手のひらをもう一度舐めた燁月は、目をすがめて悠珣を見る。彼の耳が、ぴくりと動く。彼は唇の端を持ちあげて笑みを作り、二郎真君同様顔を伏せて悠珣の欲望に舌を這わせ始めた。

「ひぃ……あ、あ……、ああ、あ……、っ、……！」

いきなりの大きすぎる刺激に、悠珣は声をあげた。逃げようとする下肢は、しかし四本の腕に押しとどめられて動かすことができない。どくり、と育った悠珣自身にざらざらとした舌が二枚、這う。

尖らせて、先端の鈴口に。溢れる淫液を舐め取られる。大きく広げられた別の舌は幹を何度もなぞりあげ、悠珣の声を誘い出す。

「いぁ、あ……っ、……っ！」

押さえつけられていることが、ますますの快感を生む。悠珣は身を捩らせて、啼《な》き声をあげた。

「ああ、や、め……、っ、……、っ……」

しかしふたりは、そんなふうに喘ぐ悠珣を追い立ててなおも舌を使う。ふたりの舌は、それそのものが生きているものであるかのように動く。舐めあげつつき、絡みつけては這いのぼった。

「や、ぁ……だ、……、っ、……」

悠珣は手を伸ばす。指に絡みついた髪を引き、過激すぎる刺激からの解放を願った。

「やめ、て……、ねが、……、っ、……」

それがどちらの髪だったのかはわからない。ただ責め苦はやまず、二枚の舌に翻弄されながら悠珣は再びの法悦を迎える。

「っあ、あ……、っ、……、っ、……」

熱が弾け、悠珣は身を投げ出した。ふたりの舌が溢れる蜜を舐め取って、ぴちゃぴちゃとあがる音が耐えがたい。悠珣はなおもか細い声をあげ、体を起こしてそんな彼にくちづけたのは燁月だった。

「燁月、さま……、っ、……」

手を伸ばして彼に縋りつく。はっ、はっと荒い呼気を洩らしながら燁月の唇に食らいつき、高くあがったままの体温を伝えようとする。

「ずいぶんと、積極的だな」

くすくすと笑う声がする。それは二郎真君の声か、くちづけている燁月のものか。それすら判断できないまま、悠珣はちゅくちゅくと唇を吸いあげる。

「ふたりに攻められるのは、それほどに心地よかったか？」

「いや……、ちが、う……」

彼の唇を吸い立てながら、悠珣は首を振った。流れ込んでくる唾液が甘く感じる。二郎真君も燁月も、悠珣の体液を甘いと言うけれど、それはこのような味わいなのだろうかと思った。

「や……、っ、……！」

燁月の唇に吸いついていた悠珣は、新たな刺激に声をあげる。褌子を脱がされた下肢を、持ちあげられたのだ。片脚を開かされ、大きく脚の谷間を見せる恰好になる。

「や、だ……、っ……、っ……」

「なにが、いや、だ」

二郎真君が、嘲笑うようにそう言った。

「ここからも、蜜を垂らしているくせに……？　ほら、したたっているではないか」

「っあ、あ……、っ、……」

彼の指が秘所に伸びる。そこがすでに濡れていて、しずくを垂らしていることは二郎真君の目にも明らかだろう。

「こちらを向け」

くちづける燁月が、悠珣の顎を摑む。舌が挿り込んできて口腔をかきまわされる。その間に、下肢の口には指が一本突き立てられ、襞をぐるりとかきまわされた。

「ふぁ、……、っ、……、っ、……」

唇と後孔、両方に同時にくちづけられる。ふたりはそれぞれに悠珣の蜜を啜り、満足げに咽喉を鳴らした。彼らが口腔に力を入れるだけで悠珣の全身は震え、貫く快感に悠珣はくぐもった呻きを洩らした。

「ん、ん……っ、く……、っ、……」

声をあげたくても悠珣の唇は燁月に塞がれていて、声にならない声が洩れるばかりだ。

それでいてそうやって嬌声を押さえられることも快楽で、悠珣は抱きつく腕に力を込める。

「ひぃ、……あ、……、っ、……」

二郎真君が、後孔に突き込んだ指をぐるりとまわす。それに腰が大きく跳ねて、抱きしめる腕になおも力が入った。

「悠珣……」

唇を重ねたまま、燁月が熱い声をこぼす。

「それほど……感じるか？」

「や、ぁ……ん、っ……ん、んっん、……」

声は言葉にならず、悠珣は後ろに食い締めた指を締めつけることで応える。ふっと、二郎真君が声を立てて笑った。

「そのようだぞ？　中がうねって、うごめいている……蜜も、次から次へと溢れてくる」

「ひぁ、あ……あ、あ！」

ちゅく、と音を立てて二郎真君が秘所を抉る。堪えがたく悠珣は甲高い声をあげた。

「いや、ぁ……、ああ、あ……、ん、っ……」

二郎真君に与えられる愛撫に乱れる悠珣が気に入らないのか、煒月は何度もくちづけを与える。上唇を挟んでしゃぶり、下唇を咬んでは声をあげさせ、双方への刺激に悠珣の目の前は真っ白になる。

「あ、あ……、ああ、あ……」

「ほら……、また溢れさせて」

後孔から溢れる蜜を、指先にすくい取って舐める音がする。欲芯からではない、そちらから流れる蜜は癸種の証《あかし》——それをたまらなく恥ずかしく感じながらも、そう感じることがまた快感になる。

「ああ、いくらでも感じるといい」

悠珣が顔を熱くしたのを、見て取ったのか。二郎真君はあやすように言った。

「おまえの蜜は、どこまでも甘いと言っただろう。いくら舐めても、飽きることはない……」

「悠珣、こちらを向け」

煒月に顎を摑まれて、くちづけを深くされる。舌をからめとられて吸い立てられ、それにぞくぞくと身を震わせるも、後孔に二本目の指を突き込まれてびくんと跳ねる。

「おまえは、私だけを見ていればいい」

「燁月、さま……、っ、……あ、あ、ああ！」

二本の指が、秘所を押し開く。襞を拡げられ、敏感な部分が空気に触れて悠珣は悲鳴をあげた。

「悠珣は、こちらのほうがいいと言っているぞ」

燁月を煽るように二郎真君は言ったけれど、燁月は悠珣の唇に夢中になっているようだ。唾液を啜りあげ舌を絡ませ、柔らかいところを咬む。悠珣の呻きを吸い取り音を立ててくちづけ、悠珣の口の端から蜜が溢れ流れていく。

「悠、珣……」

ふたりが、悠珣を慈しむように名を呼ぶ。掠れた声の、どちらがどちらか聞きわけられないほどにこの交わりに溺れる悠珣は、男を受け挿れるそれぞれの箇所で彼らに応えた。

「ふ、ぁ……、っ、……」

燁月の舌が、悠珣の口腔に挿り込んでくる。舌の表面を擦られ、ぞくぞくと腰が震える。咽喉に至るまで深いところを舐められ、嘔吐きそうになる感覚にも煽られた。小刻みに嬌声を洩らしながら、背筋を貫く感覚に耐える。

「っう、……っ、……、っ、……」

ちゅくん、と後孔の指が引き抜かれた。悠珣は、はっと息を呑む。同時に舌を吸われ、痛みを感じるほどの愛撫に悶《もだ》えて、声をあげた。

「ひぁ、あ……、っ……っ、っあ、あ！」

二郎真君は、悠珣を焦らすことをしなかった。いったん引き抜き、再び突き込まれたのは何本の指なのか。それがぐちゅぐちゅと音を立てる後孔を乱し、内壁が押し伸ばされて悠珣は短く鋭い声をあげる。

「ああ、あ、……、ああ、あっ！」

がりっ、と燁月の背に爪を立ててしまう。彼が低く呻くのも心地よさに繋がって、悠珣は彼の舌を吸った。咬んだ。力を入れてしまい、燁月が仕返しのように咬みついてくる。

「ひぅ……う、……、っ、……」

それがびりびりと体に響き、悠珣は裏返った声をあげた。体中に痛みが走る。それが奇妙な快楽となって、悠珣は身を震わせる。

「ますます……流れ出てくる」

後孔を指で拡げる二郎真君が、満足そうにそう言った。

「充分だな……、私を、受け挿れろ」

悠珣は、はっとした。両脚を押し拡げられる。うごめいていたたくさんの指が抜け出て、どろりと蜜が溢れるのがわかる。燁月が身を起こし、すると大きく開かされた脚の間に太いものが押し当てられた。

「いぁ……、っ、……、っ、……」

正面から、挿入されたのだ。悠珣の後孔はすっかり蕩け、易々と男を呑み込む。じゅく、じゅくと音を立てて先端が挿った。続けて嵩張った部分が蜜口を拡げ、そして幹が内壁を擦る。

「あ、ああ……、っ、……」

悠珣は、満たされた吐息をついた。舐められるのも吸われるのも、なにもかも感じるけれど、しかし男の欲望でそこを押し拡げられる快感に勝るものはなかった。悠珣は目を見開き、その端から涙がこぼれ落ちる。

頬にくちづけられた。はっと顔をあげて見るとそれは燁月で、微かに眉間《みけん》に皺を寄せて悠珣を見つめている。

「悠珣」

掠れた声で、燁月は悠珣を呼ぶ。そっとくちづけられて、彼の唇の甘さに酔っていると、後孔をずくずくと突きあげられる。

「悠珣」

燁月の唇がほどけ、目の前には二郎真君の整った顔がある。青い瞳は欲に濡れ、じっと悠珣を見つめていた。

「言え……、私に貫かれて、嬉しいと」

呻くように、二郎真君は言った。

「おまえの中が、私を求めている……もっと奥へと、誘っているぞ」

「や、ぁ……っ、……、っ、ん、んっ！」

音を立てて、欲芯が奥を突く。隘路《あいろ》は拡げられて敏感な部分が顔を覗かせ、そこを擦られて悠珣は途切れ途切れの喘ぎ声をあげた。

「ほら……挿っていく……」

さらに奥を抉られて、悠珣の濡れた唇を嬌声が破る。はっ、と声をあげた悠珣の口腔を、いきなりなにかが埋めた。

「舐めろ」

熱い欲望の主は、そう言った。

「おまえの口を、汚してやる。……舐めて、大きくしろ」

「く、ぅ、……、ん、っ……」

挿ってきたのは、大きく育った燁月自身だ。反射的に悠珣は舌を伸ばし、浮きあがった裏筋を辿る。何度も舌を動かすと、口腔の欲芯がどくりと大きくなったような気がした。

「ん、……っ、……ん、ん、っ、……」

そうやって燁月を愛撫していると、下肢を突きあげる二郎真君が意地の悪い動きをする。最奥の手前、感じる部分に至る前に引き抜き、襞を擦られる快感に喘ぐ悠珣を焦らす。また突き込んで、内壁を伸ばす。

「い、……ぅ、っ、……、っ、……」

「悠珣」

口腔の燁月が、急かす。深くを突かれ、咽喉奥に触れて嘔吐き、その感覚にぞくぞくと背を震わせる。そのわななきが下肢に伝わり、二郎真君が熱い息を吐くのがわかった。

「あふ、……っ、……、っ、……」

なおも舌を動かす。懸命になって燁月をしゃぶり、はっはっと乱れた呼気を洩らした。二郎真君は嵩張った部分までを抜くと、ずんと一気に貫いてくる。

「ふ、く……、っ、……」

下肢から伝わってくる快楽は、後孔に力を込めさせた。二郎真君が微かに呻く。その間も悠珣の口でうごめく燁月自身はますます大きく、張りつめて淫液を垂らす。

「んく、……っ、……っう、う」

それを自分の唾液とともに懸命に飲み下しながら、舌を動かす。燁月の欲をくわえているのは苦しくて、しかしそれは同時に息の詰まる快楽となった。悠珣は夢中で腰を動かし、舌をうごめかせてふたりの男を煽り立てた。

「あ、あ……、……っ、……ああ、あ！」

悠珣、と呼ぶ声がする。重なった声に、悠珣の頭の中で、なにかが弾けた。

「……っあ、あ……あ、あ、あ！」

自身の欲望が弾ける。ぞくぞくっと全身を走る悪寒がある。しかし隘路を拡げる男も、口腔を乱す男もその質量を増しただけで、悠珣の体をより深く犯すばかりだ。

「は、……、っ、……、は、……ぁ……」

「麗しいな、悠珣」

どちらかの男が、そう言った。

「そうやって、自由を奪われて……身悶えている姿、いくら見ても見飽きぬものを」

「あ、ぅ……、っん、……っ」

悠珣の口のまわりはぐちゃぐちゃだ。燁月の淫液は苦く美味で、それに悠珣の唾液が混ざる。それが口の端をしたたり、耳を伝って首筋に至り、そこに奇妙にむず痒《がゆ》い感覚を覚える。

「ん、や……っ、……っ、……」

　呼吸が苦しい。自分の顔が真っ赤になっている自覚はある。しかしその苦しさが心地いい。必死に突き込まれた男根をしゃぶり締めあげ、体中を走るわななきに耐える。そのあまりの快感に、悠珣は自らがまた達した感覚を得た。

「あぅ……、っ、……、っ、……」

　腹の上を指がすべり、なにかを拭い取っていく。ぺちゃ、くちゃと舐め取る音がする。その音にますます煽られて、悠珣は身を捩り、乱れた。

「っあ、あ……ああ、あ……、っ、……」

　大きな衝撃があった。体中を駆け抜ける刺激。悠珣は大きく目を見開き、同時に熱く放たれたものに身を焦がす。

「や、……、っ、ぁ……、っ、……！」

　ごほっ、と吐き出しそうになったものを、懸命に飲み下す。同時に秘所を犯す陽根が弾け、体内からも熱く焼かれた。

「……っ、……ん、……っ、……」

　体中が、じんと痺れる。悠珣は目を閉じ、注がれた熱の温度に心の臓が激しく打っているのを感じていた。

「は、っ、……、っ、……」

息が苦しい。小刻みにしか呼吸ができない。そんな悠珣の唇を、男たちが左右から奪った。

「私の、悠珣」

「愛おしいな、おまえは」

あ、とひとつ小さく啼いた悠珣の唇が塞がれる。二枚の舌が唇を舐め、伝った唾液の痕を舐め、ひとりの舌が首筋を這った。

「……っ、ん、っ、……」

むず痒い感覚。それに悠珣は身を震わせ、しかし唇が塞がれていてなにも言うことはできなかった。

「どこまでも……私たちを、愉しませてくれる……」

受け止めた男たちの精が、悠珣の意識を塗り潰していく。白く霞んだ視界に映っていたのは、誰の顔だったのか。


ふと目を開けると、見慣れた天井が見えた。

悠珣は、何度もまばたきをした。身じろぎをすると、体の節々にぴりっとした痛みが走る。

「あ、悠珣」

声は、紅華のものだ。悠珣はそちらを向き、その隣に林杏もいることを見て取った。

「気がついた？　お腹、空《す》いてない？」

「な、んで……」

悠珣は起きあがろうとする。すると眩暈がひどく、思わず低い声で唸《うな》った。

「まだ、起きちゃだめだよ」

心配そうな声で言ったのは、林杏だった。

「悠珣は、太陽の下で倒れたんだ。雨乞いの儀式の最中にね」

悠珣は、かっと顔を熱くした。そういうことになっているのか。雨乞いに失敗して、倒れた。それは星見としてなによりも恥ずかしいことであり、悠珣は羞恥に思わず唇を噛む。

しかし悠珣は、いつの間にか見知らぬ場所にいたのだ。そこには二郎真君がいて、悠珣が彼のもとに来るようにと誘ったのだ。

「……二郎真君さまは」

「二郎真君さま？」

紅華が、首を傾《かし》げた。

「二郎真君さまは、お姿をお見せにならなかったよ。どうして、そんなこと訊《き》くの?」

「い、や……」

悠珣は頭を押さえたまま、まわりを見まわした。そんな悠珣を、紅華と林杏が心配そうに見ている。

「燁月……陛下、は」

「執務に就いていらっしゃるんじゃないかな」

林杏が言った。あたりまえだ、陽はまだ高く、旱魃に襲われているという国内の状況において燁月が執務に励まないわけがなかった。

では、どこ知れぬ場所に二郎真君がいて、燁月とも出会った――あれはいったい、どこだったのだろう。二郎真君の手の中だと思われるのだけれど、なぜ燁月が入り込むことができたのだろう。

「悠珣……」

名を呼ばれて、はっとした。紅華が、じっと顔を覗き込んできている。

「まだ、気分悪い?」

「もう大丈夫」

悠珣は笑顔を見せ、すると紅華はほっとした顔をした。

「もう、死んじゃうんじゃないかって思ってたんだからね！　真っ青な顔になって、倒れちゃって……」

「雨乞い、失敗できなかったのに」

紅華たちに心配をかけたのは申し訳ないと思っているけれど、しかし星見として雨乞いを失敗したことのほうが重荷となって悠珣にのしかかってくる。

「二郎真君さまに、お目にかかりたい」

悠珣はつぶやいた。悠珣が二郎真君のもとに行けば、雨は降るのだ。燁月が苦しみを担うことはない。天界に行ってしまえば燁月とは二度と会えないのかもしれないけれど、雨を降らせることのほうが重要だ。

「どうして？」

紅華たちは、二郎真君がこの罧国の地に雨を降らせる力を持っていることを知らない。

悠珣はそっと首を振って、ふたりを見た。

「でも……どうやって？」

林杏が、不思議そうに訊いた。悠珣はまた唇を噛む。二郎真君は、いつも神出鬼没に現れた。そして悠珣が会いたいと願うときには、その術《すべ》はないのだ。

「……燁月さまに、お目にかかれるかな」

「そりゃ、悠珣は龍房への出入りを許されてる。まぁ……今は、いい顔はされないかもだけど」

「お忙しいよね……」

ぞくり、と悠珣は身を震わせた。どことも知れない場所で、ふたりに抱かれたことを思い出したのだ。あの、凄まじい熱――また、悠珣は震える。いつの間にか手が首筋に伸びていて、そこが奇妙にむず痒かったことを思い出す。

「悠珣は、本当に燁月さまとつがいなの？」

ふいに尋ねたのは、紅華だった。彼は、その金色の瞳をじっと悠珣に注いでいる。

「ど、うして、そんな……こと？」

「だって、つがいだったら癸種の悠珣は孕むんでしょう？　でも、そんな気配全然ないじゃない」

悠珣は、思わず自分の腹に手をやった。孕む、というのがどういう感覚なのかまったくわからないけれど、変化があるようには思えないので孕んではいないのだろう。

「本当に、つがい？　燁月さまが、悠珣の運命の相手なの？」

「なんで、そんなこと訊くんだよ……？」

紅華の瞳は、奇妙な艶を帯びて輝いている。そんな瞳の輝きを、悠珣は知っていた。欲情した男の目。なぜそれが、紅華の目に宿っているのだろう。

「悠珣と一緒にいた時間は、俺たちのほうが長いよ」

そう言ったのは、林杏だった。彼の琥珀《こはく》色の瞳も、また欲情に濡れていた。

「ずっと……小さいときから、悠珣と一緒にいたんだ。俺たち……俺のほうが、悠珣のつがいだって……」

「り、林杏？」

「悠珣の、甘い匂い。俺が、なにも感じなかったと思う？」

きらり、と瞳を煌《きら》めかせて、そう言ったのは紅華だった。ふたりは臥台にのしかかる。

悠珣は彼らから逃げようとしたけれど、眩暈の後遺症でうまく体が動かない。

「悠珣を抱く男たちに、なにも感じなかったと思う？」

「紅華……、っ、……」

ふたりは、争って悠珣の唇を奪った。くちづけられて思わず逃げれば、もうひとりの唇が押しつけられる。舌が挿り込んできた。歯を舐められて思わず口が開き、口腔をぐるりとかきまわされる。

「っあ……、あ、あ……」

悠珣の唾液が、口の端からしたたる。紅華がそれを舐めとった。ごくり、と彼はそれを嚥下する。

「……甘い」

うっとりしたように、彼はつぶやく。

「みんなが、甘いって言ってたの……本当だったんだね。本当に甘い。糖花《こんぺいとう》、みたい」

自分の唇を舐めながら、紅華は言った。

「悠珣……もっと」

そう言ってねだるのは、林杏だ。彼はちゅくちゅくと音を立てながら悠珣の舌の先をしゃぶり、やはり唾液を嚥下する。

「もっと……、ちょうだい？　なんだか、体が熱くなってくる……」

はっ、と林杏は息をついた。彼が悠珣の舌を解放すると、今度は紅華が舌をからめとる。唾液を啜られると、じんと下肢に至る快感が湧き起こり、悠珣はあえかな声をあげた。

「や、め……、っ、……」

すっと、紅華の手が掛布越しの悠珣の体をなぞる。両脚の間に触れられて、悠珣はびくんと身を震わせた。

「俺たちでも……感じる？」

紅華が、今まで聞いたことのないような声でささやいた。

「今まで、悠珣を抱いてきた男たちみたいに……あんなふうに、感じてくれる？」

「あ、や……、っ、……」

悠珣は、舌を林杏にしゃぶられて声を出すことができない。そんな彼をわかっていて、紅華はなおも問うてくるのだ。

「……俺も、悠珣を抱きたい」

「ひ……、ぁ、……、っ、……」

臥台の上に押し伏されて、悠珣は身動きができない——そうでなくともふたりの愛撫に翻弄され、意識が朦朧《もうろう》としかけている悠珣は、彼らの攻めから逃げることができない。

「悠珣の味、味わってもいい……？」

掛布を引き剝がしながら、紅華が言った。

「舐めて……啜って。悠珣のがどんな味がするのか、味わってみたいんだ……」

「こ、……、か、……、っ……」

ちゅくん、と音を立てて林杏が、悠珣の舌を自由にする。悠珣は大きく息をつき、その唇を、紅華が奪った。

「ん、……、っ、……、っ、……」

紅華は深くくちづけてきて、悠珣はあえかな喘ぎを洩らすことしかできない。下肢を這っているのは、どちらの手か。それは悠珣の上衣をかきわけ、褲子の中に入り込もうとしている。

「や、ぁ……、っ、……、っ、……」

悠珣は身を捻ってそれから逃げようとしたけれども、力の抜けた体ではそれもままならない。紅華と林杏、どちらかの手が悠珣の勃起した欲望に触れた。それに痺れるような感覚を味わわせられながら、悠珣はただ声をあげるしかない。

「艶めかしい声がすると思えば」

そこに声がかかり悠珣は、はっとした。悠珣の体を征服しようとしていたふたりも振り返る。

「どういうことだ？　これは」

「へ、陛下……」

入ってきたのは、燁月だった。黒の袍をまとった彼は、鋭い目つきで紅華と林杏を見つめている。

「おまえたちも、男だったというわけか？」

「こ、これは……」

しかし、いかような言い訳もできるはずがない。悠珣は手を伸ばし、燁月に縋りつこうとした。

「燁月さま……！」

燁月は歩み寄ってきて、悠珣の肩を抱く。紅華と林杏は臥台からすべり下りると、その場に平伏した。

悠珣の顎を抓まみあげ、燁月はちゅっとくちづける。慣れた燁月のくちづけに、悠珣はほっと息をつく。

「余の悠珣に、触れていたとはな」

「申し訳……！」

紅華たちも、悠珣の甘い香りに逆らえなかったのだ。それは悠珣が癸種だからであって、その魅惑を一番よく知っている燁月ならわかるだろう。悠珣は彼を見あげ、すると燁月は、目をすがめて悠珣を見た。

「私の悠珣は、癸種だからな……その魅惑に逆らえるわけがないことは、わかっていた」

「燁月さま……？」

燁月は、嘲笑うように息を吐いた。紅華たちを見下ろし、なおも嘲笑の表情を崩さない。

「しかし、おまえたちに譲ってやるわけにはいかないのでな。これは、余のものだ」

　悠珣を抱きしめて、燁月は言う。紅華たちは顔をあげることもできずに震えていて、それも無理はないことだと思われた。

「つま先に、くちづけるくらいの許可なら与えよう。しかし、それ以上は……許さぬ」

「燁月さま……、っ、……」

　燁月以外には触れられたくない。その気持ちを、燁月はわかってくれないのだろうか。訴えかける悠珣に、燁月は小さく笑う。

「この者たちは、癸種のおまえとずっとともにいて……己を抑えていたのだろう。その気持ちは、わからぬではないからな」

「で、も……」

「つま先だけだ」

　短く、燁月は言った。

「それ以上は許さぬ……おまえは、私のものだ」

　再びそう言って、燁月は悠珣の唇を奪う。紅華たちの唾液に混じって、燁月の味がする。それは悠珣の体を蕩かせ、たちまち虜《とりこ》にしてしまう。

「あ、……、ん、……、っ、……」

　艶めいた声が声が洩れる。燁月の舌は紅華たちの味を消そうとするように悠珣の唇を舐め、開いた間に入ってくる。合図されるまでもなく悠珣の唇は開き、招き入れた燁月の舌に絡みつく。

「ふっ、……っ、……ん、……」

ぺちゃぺちゃと音を立てながら舌を絡め合わせる。ふたりの唾液が混ざって、顎をしたたり落ちていく。燁月の指はそれをすくい取り、悠珣の口腔に突き入れた。彼の舌と指を舐めあげて、黒の瞳と目が合った悠珣は、微笑む。

「あ、……っ、……」

彼のしたたるような艶めかしい表情に、声があがる。そんな悠珣を抱きとめ、燁月は悠珣を臥台に押し伏せた。

「ん、ぁ……、っ、……、っ、……!」

彼の手が、悠珣の上衣の留め金を指にかける。ぱちん、ぱちん、と音を立てて前が開く。燁月は現れた胸の尖りに唇を寄せ、舌を出して舐めあげる。

「やぁ……、ああ、あ、……あ!」

「敏感だな……」

もうひとつの尖りを抓まみ、転がしながら燁月は言う。

「あの者たちに、煽られたか？　もう、準備はできていると？」

「いや、ぁ……っ、ん、……」

悠珣の胸もとを愛撫しながら、もうひとつの手は下肢にすべる。紅華の手によって褌子をずらされたそこは、すでに悠珣の勃ちあがった欲望が現れていて、熚月は指でそれを撫であげた。

「ひぁ、あ……ああ！」

ごくり、と固唾を呑む音がする。それに熚月が笑った。紅華か林杏か、そんな悠珣の姿に堪えきれない欲望を抑えているのだ。

熚月の指先が、鈴口を引っかく。悠珣は甲高い声をあげ、手を伸ばして熚月にしがみついた。

「や、や……、ぁ、あ……、っ……」

「なにを言うか」

溢れ出す蜜を悠珣自身に塗り込めながら、熚月は言う。

「悦んでいるくせに……？」

「やぁ、ちが……、ん、……、っ、……」

紅華と林杏が、そこにいるのだ。この程度で悦ぶところなど、見られたくはない。しかし熚月の指が悠珣自身に絡み、幹を上下に扱かれるとあられもない声が洩れてしまい、それを堪えることなどできない。

「んぁ、あ……っ、……、っ！」

きゅっと、乳首を吸われる。びりびりと体中に響く感覚があって、悠珣はあっけなく達してしまう。

「い……っ、ぁ……、っ、……」

絶頂の余韻に、しかし燁月は酔わせてはくれなかった。そのままぐちゃぐちゃと音を立てながら悠珣の欲望を扱き、再び硬く、芯を持たせる。

「ひぁ、燁月、さま……」

「もっと、おまえの甘い蜜を味わわせてくれるだろう？」

悠珣の胸もとから顔をあげた燁月は、にやりと笑う。唇を舐める彼の仕草があまりにも艶めかしくて、見とれた悠珣はなおも淫芯を扱きあげられて声をあげる。

悠珣の腹の上に散った白濁した蜜を、燁月が指先ですくう。彼がそれを舐める仕草、そして目をすがめて横を見るまなざしはなにゆえかと悠珣は迷う。

「味わってみたいか？」

彼は、少し掠れた声でそう言った。よろりと近づいてきたのは、紅華だ。彼の金色の目は澱《よど》んで見える。彼は臥台のかたわらにひざまずき、なにかに憑《つ》かれたかのように悠珣の下肢に顔を寄せた。

「待て。そなただけでは、厚かましいだろう?」

「へ、いか……」

紅華が、焦れたような調子で燁月を見た。彼は残酷な笑みを浮かべて、紅華を見ている。

「そちら……林杏といったか? そなたも来よ。悠珣の味を見てみたいと思うのだろう?」

「は、い……」

林杏の瞳も、どこか濁っている。今まで悠珣を抱いてきた男たちも、このような表情をしていたと思った。悠珣が放つという、甘い香りに誘われてのことなのだろうか。紅華と林杏も、それに酔わされているというのだろうか。

今までずっと一緒にいた彼らが、そのような欲望を持っていたとは悠珣には驚きだった。そのような素振りなど、今まで見せてこなかったのに。そして悠珣は、彼らが十六歳で、悠珣が癸種として目覚めたのもまた十六歳だったことを思い出した。

(甲種……なのか?)

しかしそれ以上の考えは紡げなかった。悠珣は腹の上をすべる生ぬるいものに気がつく。ざらりと舐めあげられて声が洩れた。

「や、……、っ、……」

それは小刻みな動きで、しかしてんでばらばらに動いて悠珣に奇妙な感覚を与える。くすぐったいような、性感を揺さぶられるような——悠珣は途切れた声をあげ、身をくねらせた。

「おまえには、私だ」

あ、あ、と小さな声をあげる悠珣の唇は、燁月のそれに塞がれる。舌を絡められて吸いあげられ、腹部からの刺激とともにそれは悠珣を煽り、しかし洩らした声は燁月に吸い取られる。

「ん、……っ、ん、っ、……、っ!」

勃ちあがった悠珣の欲望に、生温かいものが押しつけられる。それは根もとから先端にすべり、溢れる蜜を舐めあげた。

「んぅ、……、っ、……、っ……」

燁月は悠珣の肩に手を置いて、押さえつけるようにして唇を吸う。ちゅくちゅくと音がするのは口もとからばかりではない、下肢からもあまりに淫らな音が響き、悠珣を追いあげる。

「っ、……う、ん、……、っ、……っ」

舌をくわえられて吸いあげられる。痛みすら感じるそれが心地よくて、欲芯を舐めあげる二枚の舌に翻弄されて。悠珣はくぐもった声をあげ、与えられる刺激にまた欲を解き放ってしまう。

「ひぁ……、っ、……、っ、……」

「楽しげなことをしているではないか」

悠珣の耳にその声が届いたのは、しばらく経ってのことだった。覚えのある声。煒月は悠珣の舌をもてあそぶのをやめ、後ろを向いて呻く。

「また、おまえか」

「まぁ、そう言うな」

房の柱に寄りかかっているのは、二郎真君だった。彼は腕組みをし、臥台に組み伏せられている悠珣に色めいた視線を送っている。

「甲種が、三人か……？　悠珣、おまえの癸種の香りは、よくよく甲種を呼ぶらしいな」

「二郎真君さま……」

やはりそうなのか。視線を下に落とすと、煒月の大きな尾に阻まれてよく見えないけれど、その隙間から紅華の、そして林杏の濡れた瞳が見えた。

「それなのに、まだつがいと契りを結ぶことができない。よくよく、奇妙な癸種だよ。おまえは」

「おまえが、儀式とやらの方法を教えないからだろうが」

憎々しげにそう言ったのは、燁月だった。

「それほどにおおごとなのか？　その儀式とやらは」

「いいや、簡単だ。ただ、癸種がその気にならなければ……」

二郎真君は、臥台に歩み寄る。悠珣の額の髪を掻《か》きあげて、くちづけを落とす。

「わからないのか？　愛しい者を、永遠に自分のものにする方法が」

「二郎、真君……さま……」

彼の言葉は、快楽に溺れる悠珣の胸にずくりと来た。愛しい者。永遠に自分のものにする——胸の奥で鳴る器官が、その言葉に大きく跳ねる。

「それでは、私のものになるにも異存はないな？」

「そうはさせぬと言っておろうが……」

燁月が、体を起こす。紅華と林杏は、怯えたように臥台から下りた。二郎真君は彼らをちらりと見やり、目を細めて微笑む。

「相手が皇帝だからといって、遠慮することはないぞ？　悠珣が儀式の方法に気づけば……おまえたちにも、機はある」

言って二郎真君は、悠珣の体をなぞる。ぞくぞくっとした感覚が走り、悠珣は大きく震えて唇を嚙んだ。

「なにを言う……そうはさせるか」

燁月の尾が、ぶわりと膨らんだのを感じる。彼を見あげると尖った耳の内側の毛まで逆立っていて、彼が金狼《きんろう》族であることを改めて思い知る。

「悠珣は、私のものだ。このかわいらしい兎《うさぎ》は、誰にも渡さぬ……」

「ん……、ん、っ、ん！」

悠珣は、燁月に唇を塞がれて喘いだ。二郎真君に触れられたときよりも、淫らに伝わってくる感覚。それに感じさせられながら、なぜつがいになる方法がわからないのかと思う。二郎真君はわかって当然だというような言いかたをするけれど、悠珣には見当もつかない――いかなる儀式が必要なのか。

「……あ、っ！」

思わず洩れた声は、つま先になにかを感じたからだ。それは柔らかい唇で、ちゅく、ちゅくと悠珣のつま先にくちづけをしている。

「や、ぁ……、っ、……、あ、ああっ！」

同時に、淫芯に触れられた。そこはもう硬さを取り戻していて、愛撫を求めて震えている。溢れる蜜を塗り込めるように動くのは、二郎真君の指だ。五指が自身に絡み、扱きあげられて悠珣は身悶える。

「こちらを向け……悠珣」

掠れた声で、燁月が言った。

「教えろ。おまえを、永遠に私のものにする方法を」

「そ、な……、ぁ……、わから、な……、っ、……」

喘ぐ口を、燁月が塞ぐ。上唇を舐められ、下唇を咬んでしゃぶられて。びくびくと震える悠珣の欲望を二郎真君が愛撫し、投げ出した両のつま先に、紅華と林杏がくちづけている。

「や、ぁ……、っ、……、っ」

足の指を唇に含まれ、きゅっと吸いあげられた。ぴくん、と脚が跳ねる。そんな悠珣の反応に答えたのは誰だっただろうか。爪の形をなぞって辿られ、指の股《また》に舌を這わせられる。それがたまらなく心地よくて、悠珣はさらなる声を紡いだ。

悠珣の体を辿る、熱い手のひらがある。それは悠珣の胸の上を這い尖りを抓まんで、きゅっと引っ張った。痛みと快感の、狭間《はざま》にある感覚。それに悠珣は溺れ、ひっきりなしに声があがった。

「いぁ、あ……、っ……、っ……！」

まるで臥台が、快楽という水を満たした海のようだ。悠珣はその中でもがき、四肢を引き攣らせて悶えた。しかし四人に与えられる快感からは逃げられず、腹の奥で疼く熱を耐えることになる。

「や……、ぁ、あ……、ああ、あ！」

二郎真君が指を絡める自身が、弾ける。洩れこぼれた蜜を彼がすくい取り、舐めたのがぴちゃりという音でわかった。

「いったい誰が、この甘すぎる蜜を我がものとするのか……」

独り言のように言ったのは、二郎真君だ。彼がすくいきれなかった蜜が、両脚の間に流れていく。それを追ったのは、燁月の指だ。

「ひぁ……、っ、……」

彼の節くれ立った指は、悠珣の秘所を探る。双丘をかきわけ蜜口に挿り込んだ指は、じゅくりと音を立てて襞を探った。

敏感な神経が、剝き出しになる。指に抉られて悠珣は呻きのような声を洩らした。そこは早く埋めてほしいとねだっていて、しかし悠珣はそれを言葉にすることができない。

「ん……ぁ、あ……あ、あ……、っ……」

言葉にできない代わりに、下肢を揺する。すると挿り込む指が少し深く埋まり、悠珣はひゅっと息を呑んだ。燁月の指が、手前の感じる部分に触れたのだ。それをわかっているはずなのに燁月は指を引き抜き、悠珣にせつない声をあげさせた。

「や、ぁ……燁月、さ、ま……」

「名を呼ぶだけの理性は、まだあるらしいな」

まるでそれが不満だとでもいうように、燁月は言った。指は再び挿ってきて、挿り口の手前の感じるところを引っかく。いきなり爪を立てられて、悠珣は腰を跳ねさせた。同時に悠珣の自身をもてあそんでいる二郎真君の指先が鈴口に突き込まれ、爪の感覚に悠珣は喘ぐ。

「いや、ぁ、っ、……、た、い……、っ……」

「痛くなど、なかろう」

鈴口の指はそのままに、手をすべらせて全体をぎゅっと握り込まれる。悠珣は反応し、すると後孔に受け挿れた燁月の指がより深く挿る。

「あ、あ……、ああ、あ！」

「ほら……、そんな、甘い声を洩らしているくせに。我らを、受け入れているくせに」

「ああっ！」

つま先に、歯を立てられた。がりっと咬まれ、悠珣は下肢を跳ねあげる。

「っあ、あ……あ、あ……！」

「悠珣、……中が、うねっている」

はっ、と乱れた呼気とともに、熚月が言った。

「ここも、……もっともっと奥へと、誘ってるぞ」

「や、ぁ……、っ、……」

自分の体の反応を知らしめられるのは恥ずかしくもあり、同時に奇妙な快感を呼び起こす。悠珣は体を揺すり、すると呑み込む角度がまた変わった。

「も、……っと、もっと、……、っ……」

気づけば、悠珣は叫んでいた。体が熱い——まるで発情期のような感覚だ。熚月に二郎真君、そして紅華と林杏。男たちに攻めあげられて、悠珣の体は発情期に入ってしまったのかもしれない。腹の奥から湧きあがる熱を解放したくて、悠珣はなおも声をあげた。

「ああ、もっと、して……もっと、深く、ま……で……」

自分でも、なにを言っているのかわからない。ただ体が熱くて、快楽がほしくて。衝動の追い立てるままの悠珣の声は、広い臥台に響き渡る。

「っあ、あ……熚月、さま……、っ、……！」

彼の指が、感じる突起をかりかりと掻く。それに悠珣は放ち、受け止めたのは二郎真君の口腔だった。

「甘い蜜を垂らす、我らが姫ぎみ」

戯《おど》けた調子で、彼は言った。

「これほどに甘い癸種を、私は知らぬ……この者を、我がものとせぬわけにはいかぬだろうが」

「な、ぁ……、っ、……、っ……」

悠珣が欲しいのは、もっと奥——秘奥に至る、蜜路への愛撫。それは指一本では足りず、悠珣はもどかしさに体を揺すった。

「そう、急くな」

欲を放ったばかりの悠珣自身を愛撫する二郎真君が、笑いとともに言った。

「まだまだ、これからではないか……おまえの甘い香りを、味を……じっくり愉しもうではないか」

「悠珣……」

投げ出した悠珣の足を手に持ち、その指を丹念に愛撫する紅華がせつなげにささやく。

聞き慣れた、紅華の声。それに絡むように林杏も悠珣の名をつぶやき、ふたりの声に悠

珣は、この行為のあまりの淫靡《いんび》さを知る。彼らが悠珣を求めているというのもこの猥雑に色を添え、悠珣は我を忘れて喘いでしまう。

「ひぁ……、あ、あ……ぅ、……っ、……！」

両の足の指に歯を立てられ、自身を柔らかい口腔に含まれて、吸われて舌を絡ませられて。秘所に挿り込む指は増え、襞を拡げて奥へ奥へと抉っていく。

「いぅ、う、……、っ、……、っ、……！」

このまま、蕩けていきそうな快感。全身の神経が反応し、もっと愛撫を求めている。それでいて四人に与えられる愉悦は悠珣の中でいっぱいに弾け、これ以上はと思うのに、また求めてしまう。

「あふ、……、っ、……、っ、……」

後孔の指をてんでに動かしながら、燁月がくちづけてくる。深く重ねて舌を吸い出され、きゅうぅと痛いほどに吸われた。溢れた唾液を啜られて、その淫らな音に反応した自身は、二郎真君の舌によってなだめられる。

「いくらしてやっても、慣れないなおまえは……」

はっ、と息を吐きながら燁月は言った。

「まるで、初めてのような反応を示す。そこが初々しくて……憎らしい」

「燁月、さ……、っ、……」

下肢の指は、襞に擦りつけられて敏感な部分を探り出す。きゅっと爪を立てられて悠珣は跳ね、びりびりと体中を走る感覚に息が乱れる。それをくちづけに吸い取られ、呼吸もできずに悠珣は喘ぐ。

「や、ぁ……、っ、……、っ！」

勃起した自身に、かりりと歯を立てられる。そのような場所を囓《かじ》られて、痛みがあるはずなのに、伝わってくるのが快楽だけなのはなぜなのだろう。唇を舐められ舌を吸われ、乳首を抓まれいじられて。同時に欲望を舐められ吸いあげられ、蜜を啜られる。つま先を舐められ歯形をつけられ、体中に快感を与えられないところは、なかった。

「は、……、っ、……、っ、……」

それでもなお、悠珣は貪欲《どんよく》に愉悦を求めている。体を捻り、受け挿れる指をより感じるところに導こうとする。腰を捩って、絡められる舌のざらつきをより感じ取ろうとする。つま先を動かして、囓る歯をもっともっとと促す。

「ひぁ……、あ、あ……、っ、……！」

房には、ぺちゃ、くちゃと濡れた艶めいた音が響く。その音にも煽られて悠珣は声をあげ、男たちが低く乱れた喘ぎを洩らす。それらが混ざって悠珣の耳にはあまりに淫らな音楽となって響き、さらに悠珣を追いあげる。

「ああ、あ……、っ、……、っ……」

「だいぶ、味が薄くなったな」

残念そうに、二郎真君が言った。

「さすがのおまえも、もう放つ蜜はないか？　……この奥に、まだ隠しているのではないか？」

「おまえでは、悠珣には不足だということだろう」

燁月の言葉に、二郎真君はむっとしたようだった。きゅっと口腔に力を込められ、放ったはずの欲液がまた少し洩れこぼれる。

「退《ど》け……、私が、悠珣を満たしてやる」

ぱたり、と燁月の尾が動いた。それに肌を撫でられてぞくりとした悠珣は、腰に手をかけられ体を起こされることに気がつく。

「や、っ、……、っ、……」

臥台の上、快楽に力が抜けた上体を引きあげられる。その背を燁月の腕が抱きしめた。くちづけられる。

「案ずるな……、おまえが、よりよく感じるところを突いてやるだけだ」

「あ、や……、っ、……、っ……」

ぴちゅり、と音がして自身から熱い口腔が離れる。それにはっと息をつき、同時に足からも歯と舌がほどけた。唾液が銀色の糸になって光るのを、悠珣は見た。

「あ、っ……、っ、……」

燁月は正面から悠珣を抱きあげ、その褲子の前をくつろげる。赤黒く、血管の浮いた彼自身が現れた。先端からはしたたりがこぼれ落ちていて、それを目にした悠珣はごくりと固唾を呑む。

「欲しいか？」

目をすがめて、燁月は言った。

「深くまで、……挿れて、ほしいか？」

「あ、……、れ、て……、っ、……」

悠珣は、自ら脚を拡げる。溢れる蜜に濡れた秘所が開く。そこは、突き挿れられるものを求めてぱくぱくと口を開けている。

「は、や……く……」

燁月は目を細めたまま、悠珣の両腿の裏に手をすべらせる。さらにぐいと押し開き、悠珣に声をあげさせた。彼の欲望の先端が、拡げられた蜜襞を押し開き淫らなくちづけをする。その熱さにはっと息をついたのと同時に、淫芯はずくりと挿り込んできた。

「ひぁ……、っ、……、っ、……」

それはゆっくりと、焦らすように挿ってくる。ずく、ずく、という感覚に悠珣は耐えた。ぎゅっと目をつぶる悠珣の、後ろから腋《わき》に手をすべらせる者がある。

「あ……、二郎真君、さ、ま……」

「おまえは、こちらだけでは不満だろうからな」

後ろから、彼は悠珣の肩に舌を這わせる。ひくん、と震える体は引きあげられて、悠珣は後ろから抱きしめてくる二郎真君の膝の上に乗りあげる恰好になった。

「ちっ……」

拍子に燁月自身が抜け落ちかけて、彼が舌打ちをする。彼は手をすべらせて悠珣の臀に指を食い込ませ、引き寄せた。そして嵩張った部分まで抜けた怒張を、ぐいと突きあげる。内壁を押し伸ばされて悠珣は悲鳴をあげた。

「や、ぁ……、っ、……、っ、……!」

いくら指で緩められたとはいえ、きつい秘所だ。燁月の欲望を受け挿れるので精いっぱいなのに、襞を抉るようにして新たな指が挿り込んでくる。

「だ、め……、っ、……っあ、あ……!」

「なにが、だめだ。こんなに易々と受け挿れているくせに」

狭いところに、無理やり挿ってくるのは二郎真君の指だ。後ろから悠珣を抱いた彼は双丘をなぞって指を差し挿れ蜜襞を拡げようとしている。

「こうしておかねば、痛い思いをするのはおまえだぞ？　まぁ……慣れておるやもしれぬがな」

くつくつと、二郎真君は笑う。笑いながら、燁月の欲望に張りつめている秘部に指を一本、また一本と突き込む。

「おまえ……」

呻きとともに、燁月が二郎真君を睨みつける。悠珣の肩口に顎を乗せ、二郎真君はやはり笑いながら同じ蜜口に挿っている燁月の陰茎をなぞるようにした。

「……ふざけ、るな……」

「ふざけてなどおらぬ」

淡々と、二郎真君は言った。

「ここを緩めて……私のものも、受け挿れてもらおうと思ってな」

「そのようなこと……させる、か」

「このかわいい子を、独り占めするつもりか？」

ずくん、と三本目の指が挿る。拡げられる感覚に悠珣は啼き、それを愉しむように二郎真君の指は自在に動いた。

「癸種は、より多くの男の精を受けてこそ、うつくしく輝く……この子の、より麗しい姿を見たくはないのか」

「その相手が、おまえなのは……ごめんだ」

ふたりが話す間も、悠珣は掠れた声をあげることしかできない。ひっきりなしに嬌声をあげながら蜜口に挿り込む太さに耐え、同時にその快楽を味わっている。

「やっ、……、っ、……、さ、ま……、っ……」

「ん？」

ぐるり、と敏感な襞をかきまわしながら、二郎真君は悠珣の頬にくちづける。

「誰を呼んだのだ？　私か……この男、か？」

「っあ、あ……、ん、っ、……」

答えようとしても、声がうまく形にならない。秘所をかき乱される感覚に酔い、さらに深くを抉られて声が洩れる。はっ、と息をついて視線をあげると、煒月の黒い瞳と目が合った。

「当然、私に決まっている」

苦しげな声で、燁月は言った。悠珣は腕を伸ばして燁月に抱きつき、しかし力が籠《こ》もらなくて腕はすぐに解けてしまう。

「しっかり摑まれ」

燁月は、悠珣の腕を摑んで自分の背にまわさせる。その間もずく、ずくと下肢は繫がりを深くして、敏感な襞が刺激に震える。燁月が、低く声を洩らすのが耳に入る。

「あ、……、燁月、さま……、っ……」

その声が嬉しくて、また彼の名を呼ぶ。精いっぱいの力で彼に抱きつき、唇を求めると重なってきたのは濡れた柔らかいものだ。微かな音を立てて触れあい、同時に下肢は深く繫がってじゅくじゅくと音を立てている。

「あ、あ……、っ、……ん、っ、……！」

そんなふたりを惑わせるように、二郎真君は艶めいた音とともに悠珣にくちづける。肩に、首に、押しつけられる唇に悠珣の肌が震える。同時にひくりと反応した箇所があって、悠珣は目を見開いた。

「あ、っ……」

以前にもあった。首筋がむず痒く、触れてほしいとわないているように感じる。引っかいてほしい――咬んでほしい。しかしそれは言ってはいけないことのように感じられて、悠珣は塞がれた唇を微かに震わせた。

「悠珣……?」

深く、悠珣を犯す男が訝しげな声をあげる。悠珣は咽喉を鳴らし、しかし声は出なかった。悠珣がこぼすのは喘ぎばかりで、燁月の欲望が最奥の手前を突いたとき、その声はますます大きくなった。

「ひぁ……、あ……、っ、……!」

癸種の弱点、もっとも感じるところ。指では届かないそこを擦られて、びりっと全身に大きな衝撃が走った。悠珣は大きく背を反らせる。そんな彼を、二郎真君は逞しい腕で受け止めた。

「そろそろ……、いいか」

二郎真君の声とともに、ちゅくん、と音がして指が抜ける。その刺激にも悠珣は声をあげて、同時に引き攣った両のつま先をとらえた者がある。

「あ……、や、っ……」

足の指先を、甲を、足首を。唇を押し当てる彼らの呼気は荒くて、それ以上を求めていることは明らかだった。はっ、は、と息をつきながら、迫りあがってくる感覚に身を震わせる。

悠珣は、彼らの名を呼んだ。すると顔をあげたふたりと目が合い、その欲のしたたる瞳に思わず視線を逸らせてしまう。足を愛撫されることから逃げようと膝を折っても彼らの手は、唇は追いかけてきて、思わず感じてしまう感覚から逃れられない。

「あ……、っ、……、っ、……」

しかし、もっと大きな衝撃が来た。指を引き抜かれた秘所に、熱い欲芯が押しつけられる。すでに燁月のものを呑み込んで拡がりきったそこに、二郎真君の欲望が挿ってくる。

「い、や……、だ、め……、っ、……、二郎真君、さ、ま……、っ……!」

「もっと、の間違いだろうが」

淫液をこぼす先端が挿り、続けて嵩張った部分に押し拡げられて悠珣は悲鳴をあげた。ふたつの欲望は、癸種として受け挿れることに慣れた悠珣をも呻かせるほどの圧迫感で、体が引き攣る。あまりの衝撃に、言葉も出ない。

「……、っ、ぁ……っ、ああ、っ、ぅ……!」

燁月の欲望は、最奥の手前で感じる場所を擦る。それを追いかけるように、蜜襞を拡げながら二郎真君が挿ってくる。媚肉《びにく》を精いっぱいに拡げられ、あまりの快感に悠珣は涙をこぼした。

「だ、ぁ……、も、だ、め……」

しかし悠珣の意思を裏切って、ふたつの欲望は悠珣の中を犯した。拡がりきった淫肉は敏感な部分を剝き出しにされて、直接感じる快感に頭の中が乱される。今にも破裂しそうな衝動に身を委《ゆだ》ねる。

ずく、ずく、と体内で男の欲がうごめく。ひとつには最奥の手前を、ひとつには蜜口の挿ったところを擦られて、つま先にまで刺激が伝いきた。悠珣は大きく目を見開いて甲高い声をあげ、全身を突き抜ける強烈な刺激に耐える。

「ひぃ……っ、あ……っ、……、っ……」

びりびりと快感が突き抜ける足の指先には、紅華と林杏の舌が絡んでいる。そんなところから蜜が溢れるわけはないのに、まるでそこも甘い味がするかのように彼らは舌を動かし、咬み、悠珣をますます追いあげる。

蜜園は大きく襞を伸ばされ、苦しいのに心地いい。いつもは襞の奥に隠れている敏感な部分も、ふたつの欲芯に拡げられて直接刺激を感じている。それはあまりにも強烈な感覚で、悠珣の脳裏はだんだんと白く霞んでいく。

「あ、は……、っ、……、ぅ……」

後ろから抱きしめてくる二郎真君は、悠珣の胸に手をすべらせて尖りを抓まんだ。強い力を込められて、しかしそれが体中に響く快楽になる。

「……心地いいか？」

耳もとに、熱い息を吹きかけながら二郎真君が問うてきた。

「おまえの、ここ……締まったぞ。私たちにされるのが、よほど心地いいらしい」

「そ、な……、っ、……、っ……」

はっ、と燁月が息を吐き、突きあげを激しくしてきた。彼の欲望が悠珣の、癸種の敏感な部分を擦る。それに脚を跳ねあげ、しかし足を愛撫するふたりが悠珣の自由な動きを許してくれない。そのことがもどかしく、快感は体中を巡ってより高い熱となって悠珣を身悶えさせる。

「何度抱いても、飽き足らぬ……おまえはまったく、珍しい……かわいい癸種だよ」

悠珣、と燁月が名を呼ぶ。くちづけられて、悠珣は自ら舌を出した。その表面を舐められながら腰を突きあげられるのはたまらない快楽で、悠珣は乱れた息を吐く。声をあげる。自ら腰を捩り、伝わってくる感覚にまた嬌声を洩らした。

「私の、悠珣」

燁月はそう言った。その声音にぞくぞくと背を震わせ、悠珣はさらに彼のくちづけを求める。深く重ねあい、舌を絡めあう。したたる唾液は頬を伝い、それを余さず味わおうというように、燁月の舌がざらりと舐めあげてくる。

「悠珣……、っ、……」

「ああ、……、っ、……燁月、っ、さま……」

舐め取りきれなかった唾液が、首筋を伝う。悠珣は、はっとした。また、あの感覚だ。つきりとするような、むず痒いような——悠珣は燁月の背にまわした腕に力を込めて、その感覚をやり過ごそうとした。

「どうした……、悠珣」

「な、ん……で、も……、っ、……」

それは、奇妙な感覚だ。今の悠珣の体は、感じる神経で張りつめているけれど、首筋の感覚はなにか違う。いったいなにが潜んでいるのか。しかしそのような考えは、すぐに脳裏から消え去ってしまった。

「や、ぁ……、っ、……、っ、……!」

後ろから突き立ててくる二郎真君の欲望、前から抉ってくる燁月の熱杭。蜜襞が激しく擦られる。つま先を愛撫する舌と歯——悠珣の意識はすぐにそれらに持っていかれ、思考はかき乱されてなにも考えられなくなる。

「ああ、も……、う、も……、っ、……、っ……」

頭の中で、なにかが弾ける。同時に腹の奥の熱も解放され、放った熱は自分でも感じられないほどに熱かった。

「……、っ、だ、……、め……、っ、……」

指先までが震える。歯の根が合わない。そして自分で掻き毟《むし》ってしまいたいほどに、首筋が疼く。

「あ……、っ、……、燁月、さま……、っ、……」

大きく背を反らせた。そんな悠珣を、後ろから二郎真君が抱きしめる。悠珣を奪い取るように燁月は、悠珣をかき抱いた。

「く、び……、っ、……」

「ん?」

なにを言われたのかわからないようだ。眉根を寄せる燁月の口もとに、疼く首筋を押しつけた。

「か、んで……、咬んで……、っ……!」

その疼きは、歯を立てられることでしか解消できないような気がした。鋭く突き立てられる歯――それは、燁月のものでなくてはならなかった。

「咬んで……、燁月、さま……」

悠珣の言葉に、燁月は戸惑ったようだった。しかし彼は、悠珣を裏切らなかった。

彼は少し、身を引く。繋がった部分が擦れて、悠珣は新たな疼きに耐えた。拡げられた襞が捩れて悠珣は小刻みな声をあげ、そんな彼の首筋に、燁月の鋭い歯が立てられる。

「ああ、あ……、っ、……、っ……」

一気に、目の前が真っ白になった。体中を駆ける衝撃——悠珣は長く引き攣った嬌声をあげ、どくりと熱が吐き出される。悠珣は、咽喉を嗄らした。同時に男たちの欲望を受け挿れた蜜口がきつく絞まり、ふたりの淫芯が大きく震える。

「っあ、あ……あ、ああっ！」

「……く、……っ、……」

体内に濃厚すぎる淫液を受けて、悠珣は息もできなかった。同時に、満たされた感覚がある。それはさんざんに嬲《なぶ》られ、男たちの精液を受け止めた満足感とはまた違ったものだった。

「あ……、な、に……、っ、……、っ……」

ふっと、笑う声が聞こえた。それは耳もとにくちづけてきた二郎真君で、彼は悠珣の体を燁月の胸に押しやると、自らを引き抜く。白濁した糸がふたりを繋ぎ、ぷちりとちぎれた。

「っあ、あ……、っ、……」

「おめでとう、とでも言うべきか？」

二郎真君は、目をすがめて悠珣たちを見やる。

「なんのことだ」

悠珣を腕に抱きしめ、二度とほかの者に触らせないとの意図を示しながら燁月は言った。彼の腕の中で、悠珣は小刻みに震えている。それは今までにない充足のわななきで、いまだ体内を抉る燁月の欲望の熱さがそれを追いあげていた。

「つがいになったと、いうことだよ」

二郎真君は、言った。その意味がわからず、悠珣はきょとんとする。燁月はますます強く悠珣を抱きしめ、挑むような目で二郎真君を見つめている。

「甲種が、癸種の首筋を噛めば、それは儀式の成立だ。おまえたちは、正式につがいになった」

悠珣は、首筋に手をやった。そこが熱を持って、脈がどくどくと打っているのが感じられる。燁月を見た。彼は疑い深い目をして二郎真君を睨んでいるが、悠珣と目が合うと、ふと柔らかい表情を作った。

「残念だったな」

二郎真君が声をかけたのは、臥台の足もとに膝をついているふたりだ。彼らは顔をあげ、悠珣たちを見ている。どうやら甲種である彼らだ。悠珣の足を惜しげに、しかしいったん舐めあげて放し、じっと悠珣を見つめている。

「いったんつながったつがいの絆《きずな》は、どちらかが死ぬまで消滅することはない。そして……」

その青い瞳で、二郎真君は悠珣を見た。そして、にやりと笑う。

「おまえ、孕むぞ」

「……え」

悠珣は、思わず腹に手をやる。二郎真君が、くつくつと笑った。

「つがいになった甲種の種は、必ず癸種の腹に宿る……おまえたちが、何人の子持ちになるのか楽しみだな」

「二郎真君さま……!」

かっと、悠珣の頰が熱くなった。思わず燁月に身を擦りつけて、すると繫がったままの下肢が刺激されて声があがった。

「その声は、耳に毒だ」

二郎真君が、顔をしかめて言った。

「つがい以外に、聞かせてはいけない声だな……もっともつがいになれば、その相手以外には発情しなくなるが」

「本当ですか!?」

悠珣は、声を弾ませた。もっとも先ほどまでさんざん嬌声をあげていたのだ。咽喉は嗄れ、咳き込むのを燁月が背を撫でてくれる。

「ああ、発情期もなくなる。おまえが発情するのは、そこな甲種を前にしたときのみだ」

二郎真君の言葉に、悠珣は大きく息をついた。もう、発情に悩まされなくて済む。ただひとり、心惹かれたこの男に抱かれることが悠珣のすべてなのだとしたら、それはなんという幸福なのだろう。

悠珣は、首筋に手をやった。先ほど感じた疼きは、治まっている。燁月を見あげると、彼の薄い唇は端が持ちあがって悠珣に微笑みかけている。

「どうだ。こいつの言うことを信じるなら、おまえは私の皇后になる資格がある」

「こ……うごう……？」

聞き慣れない言葉を耳に、悠珣はぽかんとした。ああ、と燁月はうなずいた。

「おまえは、私の子を孕むのだ。次なる皇帝をもうけるのは、おまえの役目だ」

「俺の……？」

低く息を呑む。でも、と悠珣は燁月に向かって声をあげた。

「でも俺は、皐族で……そんな大役を担えるような身分も家柄も、なんにもないです」

「そのようなもの、必要ない。私の子を産むのは、おまえだけだ。それともおまえは、この冢国を絶やす気か？」

「そんな、こと……」

燁月は、悠珣を抱きあげる。ふたりの繋がりが解かれ、悠珣はまた声をあげてしまう。

「その声も、なにもかも……私のものだ。おまえは私のつがいなのだ。永遠にわかたれることのない絆……そのおまえが皇后になって、私の子を産まずに、どうする」

そう言って、燁月は悠珣を抱きしめる。全身がまだ敏感になったままの悠珣は抱きしめられて掠れた声を洩らし、そんな彼に二郎真君が苦笑する。

「でもいくらつがいだっていっても、俺なんか……皆さまが、反対します」

「誰がなにを言おうと、構うものか」

悠珣の頬に唇を押し当てながら、燁月は言う。

「私には、おまえしかいない。おまえ以外を求める気もない……おまえがなんと言おうと、私はおまえを皇后にする」

「燁月さま……」

彼と、つがいになった。燁月は悠珣の運命の相手——しかし、皇后とは。自分にそのような大役を務められる技量があるとは思えなかったし、なによりも畏《おそ》れ多い。

「受けてやれ、悠珣」

そう言ったのは、二郎真君だった。

「いったんつがいになれば、その相手としか交われなくなる……ほかの者には反応さえしなくなる。罧国のためには、跡継ぎが必要なのだろう？　それに、皇帝が不能だと言われては立つ瀬がなかろう」

燁月は二郎真君に目を向けて、この歯に衣着《きぬ》せぬ神を睨みつけた。その視線を受けて、二郎真君はくすくすと笑う。

「実際、悠珣以外には不能になってしまったのだから仕方なかろう？　おまえはもう、悠珣以外には魅力を感じない。悠珣以外を抱こうとは思わない」

「もともと私は、悠珣以外に魅力を感じはしなかったが？」

その言葉に悠珣は、顔をあげた。目が合った燁月はにやりと笑って、どこまでが本当なのかと悠珣に疑いを抱かせた。

「なにもかも、捨てろ。悠珣」

悠珣を腕に抱き込みながら、燁月は言う。

「皐族の星見であることも、その者たちの兄であることも」

燁月が目をやった先を、悠珣も見る。そこには紅華と林杏がいて、いたたまれないような顔をして悠珣を見ていた。

「……なにもかも捨てて、私だけのものになるのだ」

「燁月、さま」

悠珣は戸惑った。自分は龍神を呼ぶこともできない星見だけれど、それでも皐族の村では頼りにされていたのだ。紅華たちも、もう十六とはいえふたりきりにするのは気が引ける。悠珣が燁月を見たとき、どのような顔をしていたのか。

「案ずるな」

燁月は言った。

「おまえの村には、適した星見を送ろう。その者たちは、おまえの従者にするがいい」

「よろしいのですか?」

「……おまえに、よこしまな想いを抱かないのであれば、な」

ちらりと燁月は紅華たちを見、紅華と林杏はその場にひざまずいた。額を床につけて伏せる様子は、悠珣によこしまな想いを抱くどころではないと思わせた。

「私のつがいが、おまえでよかった。悠珣」

燁月は、改めて悠珣を腕に抱き込む。彼の熱い胸の中で悠珣は微かに声をあげ、その声を押し包むように、唇を奪われる。

「ん、……、っ、……」

重ねるだけのくちづけだったけれど、その甘さは悠珣の体に伝いきた。ちゅくりと吸われてぞくぞくと背筋を走るものがある。発情は、まだ治まっていない——このまま抱きしめて、臥台に沈められて再び彼の体を味わいたい。そんな衝動に駆られて、悠珣はぎゅっと燁月に抱きついた。

「おまえたちの行く末、見届けてやろう」

二郎真君はその瞳に、微かな妬心《としん》を覗かせながらそう言った。

「私の悠珣が、おまえのもとで幸せになれるか。癸種と生まれてよかったと思えるか……そのような生を送れるかどうか、見届けてくれよう」

「私が、悠珣を幸せにしないだと？」

心外だ、というように燁月は口調を尖らせる。

「そのようなことが、あるはずがないだろう。悠珣は、私とともにあることが幸せなのだ。もう発情にも悩まされず……私だけに抱かれる、私だけのものだ」

燁月は、じっと悠珣を見つめてくる。その視線にいたたまれなくなって目を逸らせると、ぐいと顎と摑まれて彼のほうを向かされる。黒い瞳に覗き込まれて、胸がどきりと跳ねた。

彼の唇が近づいてきて、もう何度目になるかわからないくちづけをされた。

自分は、この男のもの。永遠にわかたれることのない絆で結ばれた宿命の相手。そのことが身に沁みて、彼の唇を感じながら悠珣は悦びに胸を震わせた。

終章　幸せの形

わぁ、と悠珣は声をあげた。手綱を引いた馬が、低《ひく》く嘶《いなな》く。まだ駆けていたいとねだる馬をいなして、崖《がけ》の上から眼下を見やる。視界の遙《はる》か向こうには大きな川が流れていて、しかし手前に並ぶ広い畑は土が乾いて、茶色く変色した植物がひょろひょろと立っているばかりだ。

ここからだと黒い点にしか見えないが、数え切れないほどの人々が働いている。手には鍬《くわ》を持ち、土を掘り返しているようだ。

悠珣の隣には、ともに黒馬に乗った燁月がいる。彼は、まっすぐ指を差した。

「あちらの川から、こちらに水を引く灌漑工事を行っている。あの川の水が畑に流れ込むようになれば、雨が降らずとも水を得ることができる。大がかりな工事だが、少しずつ進んでいる」

「それは……」

川から人工的に水を引くなど、どれほどの労力が必要なのだろうか。悠珣には想像もつかなくて、顔をあげて燁月を見た。

「どれほどの人力と……財がかかるのでしょうか」

「そのようなことを考えられるようになったということは、おまえも皇后らしくなってきたということだな」

燁月は笑った。彼のまとった長袍が涼しい風に揺れて、風は照りつける陽の暑さを和らげてくれる。

「からかわないでください……」

「からかってなどいない。まぁ、そういうおまえの顔を見るのも悪くはないがな」

手を伸ばして、燁月は悠珣の頬をつついた。子供扱いされたように感じて、悠珣はますます頬を膨らませる。

「財は、私の蓄えから出ている。心配せずとも、民の懐を痛めることはない」

「そうなのですか……？」

悠珣には、思いもしないことだった。これほどの工事ができる財を燁月が持っているということにも驚いたし、租税を使わずに工事を行うという燁月の考えにも驚いた。

「租税には租税で、すでに使い道が決まっている。この工事は、突発的なものだからな。

租税から出すわけにはいかない」

「そういうものなのですか……？」

皇后らしくなったと褒められたばかりだったけれど、悠珣にはまだそういうことはよくわからない。政務のことは師について学び始めたけれど、知らない言葉ばかりで面食らう毎日だ。

「おまえも、そのうちこういうことがわかってくる。私の片腕になってもらわねばならないのだからな」

一介の星見だった自分が皇后で、皇帝の片腕になるなど、想像だにしなかったことだ。しかもその皇帝は甲種で、悠珣のつがいで――永遠に離れることはないのだと思うと、胸がひとつ大きく鳴った。

「体に、障りはないか？」

口を寄せてきた燁月が、尋ねてくる。彼の手が伸びて、そっと悠珣の腹を撫でた。

「大丈夫です。病気ではないのですから、できるだけ動くようにと侍医も言っていました」

「あの神の、言ったこと……本当だったのだな」

悠珣は、燁月の手の上に自分の手を置いた。なんの変化もない腹部は、しかしその中に子が宿っている。

「癸種が産む子は、優秀な甲種だという……罧国の未来も、安泰だな」

「そのようなこと、まだわかりません」

苦笑とともに、悠珣は言った。

「どのような子が生まれるか、などと……それに、教育もあります。よい教育を与えて立派な皇太子にしなければ」

「悠珣は、なかなかに厳しい親となりそうだな」

今度苦く笑ったのは、燁月だった。ふたりは手を重ね合わせたまま目を合わせて微笑み、そして灌漑工事のさまに目をやった。

「二郎真君さまは、灌漑の神でいらっしゃるのでしょう?」

悠珣が言うと、燁月はあからさまに不機嫌な顔をした。

「二郎真君さまにお願いすれば、工事も順調に進むのではないですか?」

「あの神には、頼りたくない」

憮然《ぶぜん》とした口調で、燁月は言う。

「その代わりに、おまえを寄越せとでも言ってきそうだ。あの神は、おまえのことを諦めていないのだからな」

「そんなこと……」

そうは言いながらも、悠珣もそのような気がしている。いったんは、二郎真君のもとに行くと言った悠珣だ。悠珣が燁月とつがいになったとはいえ、諦めたとは思えない。さらには燁月と正式につがいになったあとでも「いつでも私のもとに来い」と言っていた二郎真君だ。燁月が隙を見せれば、いつでも悠珣を攫《さら》っていく用意はできているに違いない。

「私は、おまえを離さない」

もう片方の腕を悠珣の肩にまわし、抱き寄せるようにしながら燁月は言った。

「私のつがい……永遠に、私のものだ……」

「燁月さま」

馬上のことなので、しっかりと抱きあうことはできない。しかし触れあう部分からは彼の温《ぬく》もりが伝わってきて、それがたまらなく心地よくて。

「……いい子です、産まれてくるのは」

気づけば、悠珣はそう言っていた。

「きっと、立派な跡継ぎになります。燁月さまの子として、恥ずかしくない……」

「そうだな」

ふたりは目を見合わせて、そしてそっと唇を重ねる。吹き抜けていった風は涼しくて、それが髪を揺らす。頰に触れた髪がくすぐったくて、悠珣はくちづけた唇をそっと弧に描いて、笑った。

終

あとがき

こんにちは、雛宮さゆらです。ラルーナ文庫、創刊おめでとうございます！　書くのも読むのも大好きなＢＬに、新しいレーベルが誕生したことはとっても嬉しく、またその新しいレーベルのラインナップに名前を並べていただけるのも嬉しいです。こちらでも、どうぞよろしくお願いいたします。

さて、今回はファンタジー中華、であり、同時に『オメガバース』です。オメガバースってなに？　というご質問には、本文での描写をご参照ください、なのですが、これは中華ものなのでいろいろ名称等を変えてあります。一応、世間に流布しているオメガバースは、人間は六種類の性別にわかれていて、男、女、であると同時に、アルファ（甲種）、ベータ（乙種）、オメガ（癸種）のどれかであります。人口の圧倒的多数は男ベータか女ベータなのですが、まれに男女アルファと男女オメガが存在していて、その割合は人口の０・０００４％というのが個人的な設定です。そんなふうに書き手によってさまざまなまだ新しい設定で、読者の皆さまにどう受け入れていただけるかどきどきですが、こういう世界もあるんだと、お楽しみいただけましたら幸いです。

今作はアズ文庫の『金狼皇帝の腕《かいな》で、偽花嫁は』同様の世界観（罧国）で書かせていただいており、挿絵も同じく、虎井シグマ先生にお願いいたしました。五人！　ということで前回以上にご苦労をおかけしたと思うのですが、どれもこれも素晴らしい画で、うっとりと見惚れております。実は5Pでという打ち合わせがあったわけではないのですが、書いているうちに気づけば5Pに。もっとも紅華と林杏は『つま先担当』（笑）。ここ、担当さんにウケてしまったところなのですが、虎井先生の本文イラスト、悠珣のつま先を舐めるふたりのイっちゃった目にぞくぞくしました。本当にありがとうございます。

担当さん。お世話になっております。今回はオメガバースにGOを出していただき、ありがとうございました。次回も楽しみにしております。

そしてなによりも、お読みくださったあなたへ。楽しんでいただいておりましたら嬉しいです。また、お目にかかれることを祈りつつ。

雛宮さゆら

イラストを描かせて頂きありがとうございました。
5人(!)ということでどう画面にいれようかと
悩みましたが、沢山のキャラたちをとても
楽しく描かせて頂きました^^

数多のライバルの中で見事悠珣と結ばれた
燁月様、お二人が幸せいっぱいの
国と家庭を築けますように!

雛宮先生、担当様、読者の皆様
本当にありがとうございました!

2015.8　虎井シグマ

本作品は書き下ろしです。

ラルーナ文庫

この本を読んでのご意見・ご感想・ファンレターなどお待ちしております。〒110−0015 東京都台東区東上野5−13−1 株式会社シーラボ「ラルーナ文庫編集部」気付でお送りください。

兎《うさぎ》は月《つき》を望《のぞ》みて孕《はら》む

2016年1月7日　第1刷発行

著　　者｜雛宮《ひなみや》さゆら

装丁・DTP｜萩原 七唱

発 行 人｜沓 仁警

発 行 所｜株式会社 シーラボ
〒110-0015　東京都台東区東上野 5-13-1
電話　03-5830-3474／FAX　03-5830-3574
http://lalunabunko.com/

発　　売｜株式会社 三交社
〒110-0016　東京都台東区台東4-20-9　大仙柴田ビル2階
電話　03-5826-4424／FAX　03-5826-4425

印刷・製本｜シナノ書籍印刷株式会社

　ISBN978-4-87919-885-3

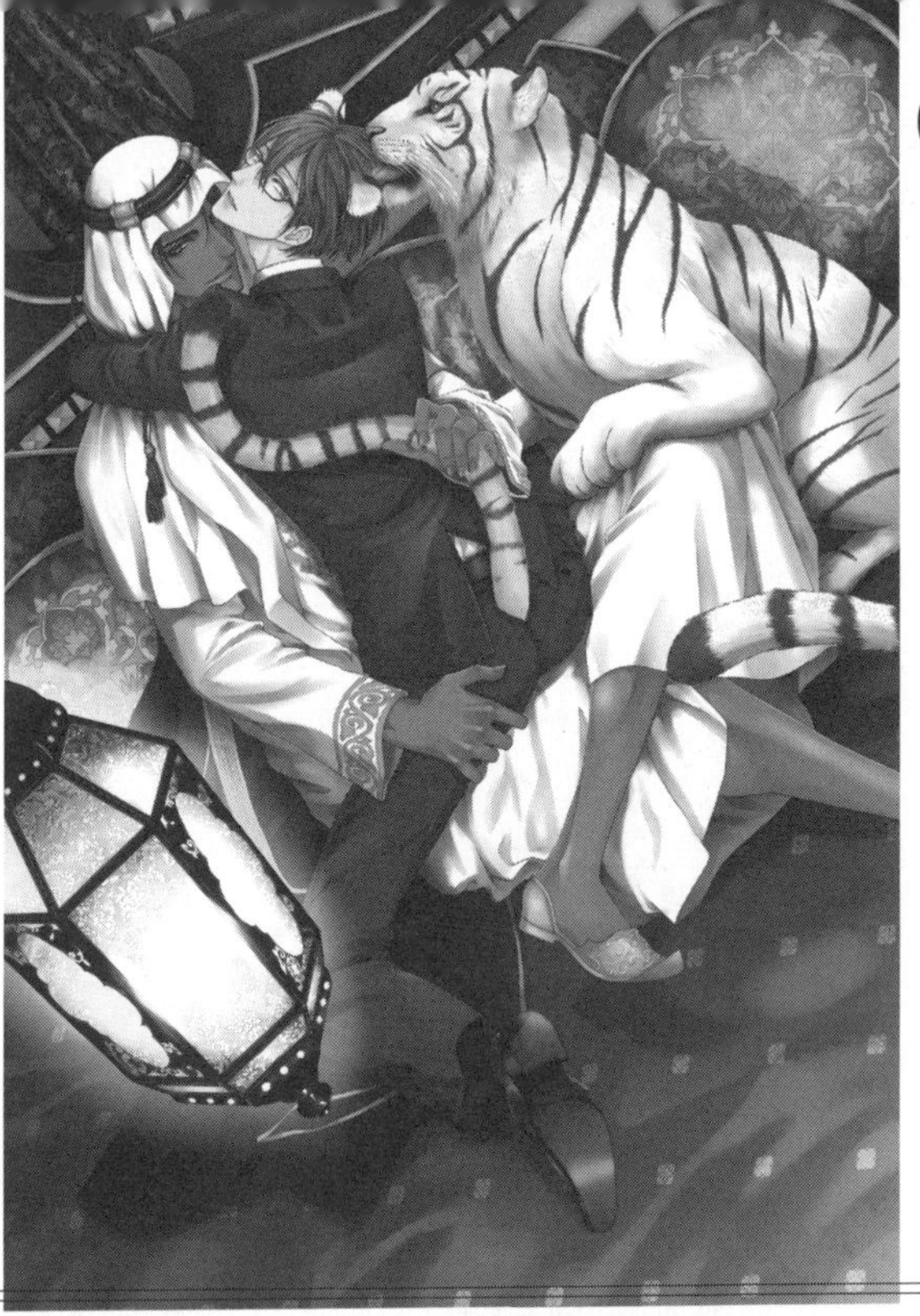